2013—2018　随笔 / 日记 / 诗歌

张宗群 / 著

# 不辜负

LIVE UP TO

如此诗情而惬意的有茶日子

中国农业大学出版社
· 北京 ·

# 内容简介

本书时间跨度自 2013 年初至 2018 年初春，从使用微信开始，随时随手写下的文字，内容涵盖品茶鉴茶、吃茶时的感悟，事茶期间突然冒出来的歪诗，穿插美食、茶客往来等小故事。十多年有茶的日子不枯燥不虚妄，活得也更明白透彻。也因为茶，结识交游全国各地的茶友，得缘而聚，此生偌长的光阴里，不再凉薄，不再寡淡。

**图书在版编目（CIP）数据**

不辜负：如此诗情而惬意的有茶日子 / 张宗群著. ——北京：中国农业大学出版社，2018.4

ISBN 978-7-5655-2003-7

Ⅰ. ①不… Ⅱ. ①张… Ⅲ. ①散文集 - 中国 - 当代②诗集 - 中国 - 当代 Ⅳ. ① I217.2

中国版本图书馆 CIP 数据核字（2018）第 066691 号

**书　　名**　**不辜负—如此诗情而惬意的有茶日子**
**BU GUFU**

**作　　者**　**张宗群　著**

**策划编辑**　童　云　　**责任编辑**　何志勇
**封面设计**　刘开懿
**出版发行**　中国农业大学出版社
**社　　址**　北京市海淀区圆明园西路 2 号　　**邮政编码**　100193
**电　　话**　发行部 010-62818525,8625　　读者服务部 010-62732336
编辑部 010-62732617,2618　　出版部 010-62733440
**网　　址**　http://www.caupress.cn　　**E-mail**　cbsszs@cau.edu.cn
**经　　销**　新华书店
**印　　刷**　雅昌文化（集团）有限公司
**版　　次**　2018 年 4 月第 1 版　　2018 年 4 月第 1 次印刷
**规　　格**　787×1092　16 开本　28 印张　450 千字
**定　　价**　268.00 元

倮倮®
Luo Luo
易武精品普洱茶
茶坛可谓一时无两

## 张宗群简介：

七〇后，云南昭通人，纸媒出身。2005 年开辟云南报刊最早的茶文化版面；“倮倮”品牌创建者，普洱茶文化研究及推广者。果果茶业法人代表兼总经理，作家。出版普洱茶专著《一壶普洱》（2011 年）、《遇见》（2014 年）……

2015 年，入围云南商界青年领袖评选商界青年领袖奖。

2017 年，“倮倮”品牌入选 CCTV 发现之旅频道《品质》栏目拍摄题材。

# Preface/Spent five spring days with tea

## 自序 / 五个与茶有关的春天

张宗群

在一壶茶里，有追忆，有梦想，很多滋味。这本书里的文字，大多收录的是来自 2013 年至 2018 年我手机微信的即时写作，之后在编著本书时有部分补充、修改，只为让读者在阅读此书时能有一份享受，也为对自己过去几年的时光有所交代。

为什么本书取名“不辜负”？有双重意思。第一，我认为我至少没有辜负自己，虽然还有很多梦想没有实现，但我努力过了。第二，我创建的“倮倮”普洱茶品牌 2016 年恰好十周年，出品十年纪念茶“不辜负”，这一款茶今后还会择时继续出品。这款茶的名字是我斟酌很久起的，因为我认为“倮倮”茶不辜负真正喝茶人的期望，故取名“不辜负”。同时，我也希望这本书不负自己，能与“倮倮”茶一样经得起时间的检验。

这是我的世界，我的生活。这些文字都是真实的记录，细微、琐碎，不虚构、不浮夸；源于生活的点点滴滴构成这本源自一位“微信控”的日记体茶书。首先，只是为了取悦自己，因为能取悦自己也是一种自爱的行为。其次，在这个时光与机器飞速旋转的时代，什么都快，什么都很便捷，唯独普洱茶只能依托光阴的流逝而成就其香醇。像我这样常常回忆从前以笔写信时代的人、一个不喜欢热闹的人，是最适合浸泡在茶里的。当然，也是比较自恋，所以，此书取悦自己的成分更多。

这些年，随着年岁渐长，发现自己已生白发，还出现了皱纹！原来，青春真的被时光带走了。为什么我觉得自己还没长大，却突然要接受这种事？任性不羁的日子真的一下要变得遥远了么？更会在独自喝茶时进入一种冥想，后悔没有太多关于自己青春时光的记录。始终，我认为那时候留下的东西太少。

谁都知道，人生短暂，唯文字永恒。

青春年少时，那些激情狂妄的生活，只有一些片段留在记忆里了，一些不停留在大脑存储器里的，得老同学或发小讲起才有点印象，也有完全忘掉的事情。所以，为避免人老色衰惋惜流逝的光阴而感叹“悔，当初为何不留下书面文字”，于是，我将自认为值得回味的这五年多的生活点滴，特别是茶事及一些家庭琐事，结集成此书。方便今后闲时翻阅，也可向儿孙吹嘘我这不想平庸的人是如何珍惜光阴的，又是如何享受普洱茶慢生活的。间接或直接地告诉他们我的人生观与生活态度，传递正能量、乐观精神，或许能帮助他们树立正确的价值观，也是好的。当然，也希望此书能给读者带来一种别样的快乐——希望这是一本让人心静的书，因为有茶。这对我来说，更是极好的回报与鼓励。

也许，你不爱茶也没有喝茶的习惯，也许在你眼里喝茶是年长者的事，但是，这都没关系，有关系的是，这里会有一种东西叫遗憾。茶再迷人，独独少了你，总是不美。而且，我、你、他，总会被缘分指引着走到一起，于是遇见了这本书、这壶茶，抑或遇见了这个人。

我曾很“花心”。学什么，做什么，经常只是学到一点皮毛就跑了，因为觉得自己很聪明，也没有耐心，对以往的行业也没有持续的兴趣。但是接触普洱茶后，我竟然变得服帖，不知不觉被普洱茶迷住，也感觉普洱茶在颐养我的性情。这一来，与茶痴恋纠缠就十多年。这一生，我也甘愿继续与茶缠绵到老。

如果你是茶客，你也会与我一样，在一壶普洱金贵的纯真时代里，遇见，如初见，不辜负，私藏，约再来……

因为，那曾是我们都有过的烂漫时光；因为，直到现在或将来，我们都还在向往也需要那份纯粹。

在一个云淡风轻的日子里，在昆明碧鸡关艺术社区土豆工作室，就着一款茶，我进入冥想中。一恍惚，我遇见了自己，也遇见与我相像的另一个自己。这另一个自己，我知道就是我已变得安稳的灵魂——这是命运的安排。幸福的感觉就是知道了来自灵魂的守望与彼此的安稳。那被辜负与不辜负，总在轮回中演绎。也许真是命里逃不过的一劫。只听佛说：与有情人做快乐事，不问是劫是缘。这在我看来是一种浪漫而诗意的借口，无关责任。可是，人生也够沉重，传统教育告诉我们要做个负责的人，不可随心。但快节奏的 21 世纪又有新言论说要有追求幸福的勇气……这份困扰我们都曾碰到过，我们也总想在与人交往的时候不被伤害，而是被懂得。这份美丽的愿望，不论你遇见谁，谁遇见了你，都希望不被辜负。这个愿望，也许有些实现了，有些没有，难道这样也可安慰沧桑？

有时，只想简单活着，于是，不经意中找到这份快乐。这快乐就在这一壶又一壶的茶里。灵魂也是贪恋这欢喜的，于是每一天都只想倾心沉默在这壶茶里。这是精神需求，不能少，也因为彼此懂得。

不经意间，也发现适量的孤寂使人进步，过多的热闹让人沉沦。孤寂让人慢慢看清自我、反省自我，不断追问自己，从而找到改进的办法，让自己更完善；太多的热闹则容易让人丧失自我，整个身心陷入一团混沌之中，在热闹中，人要去适应这些热闹，从而委屈自己，甚至隐藏自己最突出最有力的特征。

在沉醉于普洱茶的长久时日里，是不愿更多贪着一些爱欲和世间的荣华富贵了，也舍弃世俗的名利，不和人斗争与争论了，这些，如人饮水，冷暖自知。

静、清、俭、和，我看重的状态，也看重并珍惜人与人之间的缘分。

只愿一生与茶不离不弃，因为到最后，茶只温暖人心。

至少，这茶不会辜负爱茶人。

所以，遇见了，不辜负，约再来……

本书时间跨度自 2013 年初至 2018 年初春，从使用微信开始，随时随手写下的文字，内容涵盖品茶鉴茶、吃茶时的感悟，事茶期间突然冒出的歪诗，穿插美食、茶客往来等小故事。十多年有茶的日子不枯燥不虚妄，活得也更明白透彻。也因为茶，结识全国各地的茶友，得缘而聚，此生偌长的光阴里，不再凉薄，不再寡淡。

2018 年 2 月，于昆明倮倮茶仓

合家欢

彝人画漆器

彝族贵妇

不辜负

倮倮如初见茶选料：易武茶区近五百年树龄茶树

倮倮金贵选料：易武茶区平均树龄六百年茶树

倮倮茶客私藏选料：易武茶区近四百年树龄茶树（含左图）

C O N T

# 目录

**E N T S**

*Spring,2013—summer,2018*

The first series/Essay

# THING ABOUT TEA

## 第一辑 / 随笔——事茶之事

Spring,2013

# Dreams that are not tired of each other

## 相看两不厌的梦

独自事茶

2005“铜像船图”茶王，用铁壶煮出来，色如陈年红酒艳丽浓郁，味厚滑润，茶香在汤里久久不散……于是，享乐的夜生活又开始了。

我想，这种气氛是最适合与心爱的人一起，静静的，一人沏茶，与另一人倒茶，然后，相望一眼，不说话，举杯同饮，或一前一后浅啜，又依次轻轻放下茶杯。相信彼此的眼角眉梢都含着笑，并且含情脉脉的。对了，那时的灯光应是温柔的，温柔的光洒在两人身上，浑身都散发出温情气息，夜色也变得如水脉脉……可是，呵呵，今夜却是我在此独饮。

其实，我经常一个人喝茶。在喝茶的时候，也是自己胡思乱想的时候，想的最多的还是如果有那么一个人，非常喜欢与我一起喝茶那该多好。最好是我泡茶，喝完后，他洗杯清理现场。然后，还可以写写毛笔字，或者画画，或者弹弹吉他，当然，看看书也不错。想得可真美呀，一壶茶哪能喝得如此意乱情迷？

这样的氛围，难免想起那位多情人纳兰性德的名篇《浣溪沙·谁念西风独自凉》里“谁念西风独自凉，萧萧黄叶闭疏窗，沉思往事立残阳。被酒莫惊春睡重，赌书消得泼茶香，当时只道是寻常。”让人何其向往与回味。真是“管它东南西北风有多少恨，眉间的忧愁就是吹不散。”不恋功名富贵，纳兰性德只期待与心爱的表妹长相厮守，对月举杯，他写词，她弹琴，过踏实安稳的一生。更何况我这俗人，有点想法，噢噢，也是正常的吧。

本来，清茶清心，享的是清欢，乱想的都是心不宁静。可说到底也都是凡人，哪有每次喝茶都气定神闲的，能做到这样境界的，估计只有得道高僧了。

可是，仓央嘉措，他是活佛，却也摆脱不了情事的困惑，于是留下很多感伤的诗。难怪有句话叫“世上最痛苦的伤就是情伤”，能做到不自伤，这人一定是个铁石心肠、无情的人。这是我的理解。

很多时候，想来想去，我是谁？我又要到哪里去？我确实想多了。谁又懂得一颗嗜茶者的心？谁又懂得这颗寂寥的心？估计只有真正喝上茶的人才能体验。经历了无数个独自喝茶的夜晚，我似乎想明白了，人世没那么复杂的，无非还是“看山是山”那么简单罢了。那些复杂的人事，大多是我们自己臆想出来的。记得有句话：“人生是一面镜子，你对着它笑，它也对着你笑。反之，你对着它哭，它也反馈回哭相。”因此，我们还是尽量保持微笑吧！如果每天，或者三天两头能为自己沏上一壶普洱茶，这样的人生，美哉！

可这世上，很多漂泊的灵魂总希望遇见能与自己产生共鸣并惺惺相惜的灵魂，哪有那么容易，难怪天下那么多人觉得自己孤独，总觉得茫茫人海知己难觅。可老祖宗明明又说了“糊涂是真”，所以，难免迷茫，到底该委屈灵魂继续漂泊还是追随自己的心？还是继续承担世间的责任？相信迷茫中的人总会与年长的朋友交流这个话题，也许得到的还是“别想太多，人生就是这样，你只能接受”这类的话吧。或许，有的人随了自己的心，有的人选择继续承担责任，无论怎么样，不是伤人就是伤自己。因此，我们在一种机缘中喝上茶，然后迷上茶。表面看上去只是喝茶这么简单，消磨时间，感受茶带给人的愉悦，其实这无意中也是一种健康的逃避现实的活法。所以，抛开好茶带给身体的好处不讲，光这心理上的依赖就让人摆脱不了饮茶的习惯。所幸，能遇见茶，茶已经是灵魂的寄托。茶让这漫长而充满烟火气息的俗世人生变得诗意起来，也让人变得优雅，一举手一投足，都要庄重，正如要沏一壶茶，不专注不温柔对待，也无法尝到好味一样。于是，喝茶的人慢慢地变得稳重了，平和了，冷静了，再多读点书，气质也在了，更自信了。当然，芸芸喝茶人中，也不排除个别非常自恋的人，还有一些仍是热情似火的人，这也客观存在。无论什么样性情的人，只要喝上茶，总是好事。

人，总想找到相知相爱的知音来陪伴一生，这是痛苦的来源，因为知己永远在远方。看透了，也就没什么大不了的。也许很多人都懂这个道理，也都会开导别人，只是临到自己身上，却放不下执念了。于是，那么多忧伤的歌，那么多愁肠的诗出现了……

我也不例外。毕竟是凡人，整日与人间烟火俗事打交道。但是，一旦闲下来，总不免多少有些感叹，总觉得人生少了点什么，也总希望被人照顾，被人懂得，被人怜惜。也许每个人都会这样吧？这是欲望太多了的原因么？天下哪有什么好事都让自己占全了呢？思来想去后发现，还是眼前这壶静默的茶不让人狂妄与烦燥，越想越是这样的。这茶就这样静静地守候我，无论我是一个什么样的人，茶总是不讲任何条件地包容我的一切情绪，茶也只管浸润我的五脏六腑，排解我心头的垃圾。难怪，像我这样外冷内热也算花心的人也会爱上它呢。谁知这一爱，就是一生呀。

其实，这浮生如梦，短暂光阴，能碰上快乐的事就快乐地做吧。更何况这能抚慰人心的茶。当然，我这里指的快乐事是茶事，不是佛讲的“与有情人做快乐事”的那个，诸君可别理解错了。而且，快乐地事茶，还得在不影响正常生活的前提下。

因为我发现有的茶客，明明只适合当快乐的茶客，可偏要从事茶的经营，因为爱上喝茶，就自然会爱上那种看上去一天就是喝喝茶工作就做了的轻闲事，不用四处奔波，只要茶好，不用到处跑客户。这样想倒是很美好，可是真要全身心投入经营，认真专一，守得住寂寞，这说起来简单的几个字，做起来却不容易。

2007 年至 2010 年，几个茶商来请教我如何创建自主品牌，自己也知无不言言无不尽，与他们讲了倮倮茶的定位及运作。想来有意思，有悟性的茶商行动迅速地也打造了自主品牌，并辛苦建设销售渠道……虽然过程是漫长的，但毕竟走在路上，执着地打造，相信梦想终会实现。但凡心胸较宽阔之人，自是祝福了。可市场是残酷的，只要投资就有风险，创业路上的人，抗风险能力一定要足够。另，自私点讲，关于倮倮茶今后的运营模式不能再与人讲了，否则跟风者也多，去茶山瞻仰古树的“游客”多了，很多传统与朴素减少，当然这谁也阻挡不了，谁让普洱古树茶的魅力大呢？但唯独文化是模仿不来，东施效颦，也只是徒增笑料，经营理念文字相同不代表人文情怀也能照搬。

一个品牌要真正形成，最少要 10 ~ 60 年的时间，除了坚持、激情外，还要不断创新。建立美誉度的同时，增强公司抗风险能力与提高核心竞争力也最关键，精、专是倮倮茶的灵魂，合作伙伴、消费者的利益要保证，才会可持续发展。都说中国的私企要度过前 5 年，就算有一定基础，在我看来，每一年每一天都不能虚度与轻视，每一个决策都得深思。当合作伙伴的价值观与我接近时，我会欣喜。但若碰上个对自己从事的工作与公司不够忠诚的，我就头疼。头疼时也不知与谁商量，更不好与人诉说，这时孤独感就油然而生，幸好有知己，这知己自然就是茶了。我有心事时，就默默地泡一壶茶，边喝边在心里自己跟自己说话，也许是跟茶说话吧，有时自问自答，有时会突然发出一两声轻笑，笑了才发现是自言自语，幸好边上没人，不然太难堪。

想想，还是抱着“尽人事听天命”的心态活得从容些。

倮倮®
Luo Luo
15年如初见

*Spring,2013*

# Tea tastes some day

## 某日茶趣

早饭吃得多！刚到茶仓就急不可待地烧水，间歇在微信上与亲爱的可普（童云）发信息，谈《一壶普洱》的事。后用盖碗泡倮倮 2005“铜像船图”茶王，投量 10 克，没想到洗茶一次后，沸水已将茶内质全部泡出……这实在是抽烟人士最爱的味道呀！只觉汤中滋味霸气十足，喝了后，后韵体感强烈持久，让人沉吟不思过往。对了，若喜滋味淡雅者饮之，则要以透气好的紫砂壶以 1 ∶ 4 投量泡，以便感觉它的醇厚陈香及温柔顺意。当然，如果有二三好友共饮，那可真正得茶趣了，相信茶香会弥漫在其乐融融的氛围中……和谐，是茶带给人及社会的最终目的。看看柜子里各种年份的倮倮茶、各种款式的茶壶以及各种材质的杯子，好像就满足了。听说物件也都是有生命的，而人目前只看今天及充满变数的以后。

2013 年春天的某日，《一壶普洱》重印的作者样书到茶仓了！这是俺的第一本书，竟然还很有读者市场，这么快就售罄重印了，有点小激动。虽然 2011 年第一次出版时就激动过一次了，但今天还是又激动了，热血沸腾的，毕竟后来又增改了些，也是一次小成果嘛。这书能惠及更多爱茶人走上普洱健康生活，也是种幸福，这些从一些读者、茶友反馈的信息里就能看到。活着，一直在体验中。无论是酸甜苦辣，还是悲欢离合、爱恨情仇，没体验过又怎么叫“有丰富的人生阅历”？相信在我老了坐在轮椅上时，会戴着老花镜翻看着我与童云共同创作的这本通俗易懂的普洱茶入门书。想着与她 2008 年底在新浪博客上认识，然后在茶仓第一次见面，还有她的女儿格格，最后又相约着出书的茶缘……还会想到有的茶友跟我说：这本书让我懂得好多普洱茶知识，原来普洱茶根本就没那么复杂。谢谢这份缘！

再有，我的身旁肯定也是煮着一壶水，准备泡倮倮茶的。想想，这也是一件极美的事呢。

一壶普洱
一壶普洱 心纳万物
中国农业大学出版社

*Beginning of march,2013*

# Mini tea party
## 小茶会

欢乐茶仓

周日变天，冷。一家人窝着酣睡。

不想《云南日报》的老朋友张帆打来电话，问是否在茶仓。真没有睡懒觉的命呀，只得唤醒儿子们并快速洗漱完毕到茶仓。将倮倮 2005 茶王泡起……呀！热杯底蜜糖香太浓郁了！闻一下，一大股香气扑入鼻至心，太舒畅了。是否因为茶叶被撬碎了些的缘故？记得以前阴天喝它并没有如此诱惑。这就是普洱茶，它随时带给饮者惊喜，与相交的正能量朋友一样，总在进步，总在上台阶。

欢乐茶仓！泡茶大家都会，干脆自己演练吧！只见张帆坐在泡台上沏茶，也像那么一回事呢。不免想起 2001 年一起在《精品周报》工作时，他是编辑部主任，也就是我的主任，之前两人还一起曾在《云南民族报》工作。我所负责的版面上文图都需要他审核。当时我还不会自己在电脑上排版，也还是用稿纸写稿子的年代，所以，用笔写好的文章与各种照片或图片都需要交给他，他编审后再交与文字录入员、排版员。可是，我实在受不了他的那种蜗牛速度呀，明明版面下周二就要印出了，到这周五了文图都还没输入电脑，更别说排版了。于是，风风火火的我在办公室就冲着他吼开了，而他就缩在办公桌（比老板桌小点）后面的转椅里，抽着一支

PU-ERH

烟，透过烟雾笼罩的眼镜冷冷地看着我。我也不怕他，也是冷冷地回看他。这一看，发现他是单眼皮加小眼睛。他也不回嘴，任我大呼小叫 :“为什么那么慢？为什么不早点安排他们？我还要检查……” 最后，人家却又递烟与我，说:“别急，慢慢来。”这就是好同事呀！这么稳重淡然，我自叹不如呀。但是，在我这种工作狂的威逼下，他对我的版也重视起来。那速度！效率最高时一周三个版，全是采访稿，图片全是自己拍。后来,在自己媒体人生涯的最后一家报社《云南政协报》负责茶文化版面时，我强迫自己硬生生学会做版的全部环节，无论文字、图片，还是排版，都不用找慢得不行的那些人了。同样的，一周最高效率是大报上的三个版面都是茶文化的报道或文章，所以，人最怕的就是较真吧。但我与张帆的友情一直维系着，也许与我直来直往的性格有关，反正有啥说啥，不会掩饰，他跟我打交道也不用玩心眼，这就是真朋友吧。

现在张帆带着他的娘子在茶仓，两两相望。他爱喝倮倮 2005 茶王，糯，柔中带劲……易武老生茶，内敛的茶气让身体感觉它不张扬的霸道，易武老生茶才是真正的王。而他老婆却爱倮倮 2005 小熟砖。

一会儿，倮友、特警文子小姐带着一位学哲学的靓女来茶仓喝茶……外面冷，我乐呵呵，因为有茶有茶友，再冷的天，心里也是温暖的。文子是警察，也爱喝普洱，还一直折腾着搞经营。可是喝茶与经营茶又是大大的不同，若说轻松惬意，自然是喝茶的乐趣多。

又换 2011 年“铜像磨秋”金贵茶。醒茶时，鼻子里也飘进郁郁花果香，我又像贪婪的狗狗一样深嗅数下，满足的心、幸福的状态。如此泡 2011 年“铜像磨秋”金贵，纵使铁壶烧水至沸腾，缓缓冲出的茶汤竟然也无苦涩。轻啜一口暗藏三年光阴的汁液，汤含蜜香，甘纯。想想除了能过好今天，享受现在，过去的，就只是回味一下了，一如藏香甜于唇齿间的茶。如此也甚好。

又来了两位美女，是老朋友李攀与倮友谭颖。喝茶的时候有人陪，更是开心，更何况都是美女呢。从来佳茗似佳人，喝茶的女子只会越来越美嘛，虽然聊的都是家长里短，但这就是平凡人事茶的小幸福吧！毕竟，很多日子都是平淡着过的嘛。

*End of march,2013*

# On the Yiwu again

## 又上易武茶山

瞻仰古树

大凡喜欢普洱茶的人，总忍不住想去茶山瞻仰古树，想默默地用心与古树说点什么话，再聆听冥想中远处传来的隐约马帮铃响。这些念头我都经历过，也理解喝茶人的心情。只是去一次茶山还是相当累，以前单身时两个月去一次也不觉着累，现在主要是带着娃娃，若是一个人，自然洒脱了。

在易武麻黑寨，滚筒揉捻机已在寨子里出现。为什么现在我不再出品麻黑寨子的茶，这是其中一个原因。

中午，找到坚持传统工艺的一家茶农了！但是，尝了尝，我不说话了。很多小树茶掺进去，与古树茶混在一起当成古树，这也不是秘密，但是滋味并不是所有人都尝得出来。尤其在茶乡，水质好，喝起来茶汤也都不难喝的情况下，要发现个中差别就更难了。

在丁家寨，我亲自泡百茶园的茶，茶味好足好耐泡！竟然要 5000 元一公斤，还是毛料！毛料做成成品，还要等它转化才能变为普洱茶。再说，这些茶树明年不发芽了么？因此我放弃市场上炒到高价位的茶，只寻性价比高的毛料，为自己也为喝倮倮茶的亲们。

# Taste notes of tea
# 尝茶手记

感受鲜活，咀嚼润滑

天放晴了，不知谁放起了鞭炮。我且喝倮倮 2012 年“龙图”茶客私藏，高温盖碗冲泡(忘记还是新生茶要低温泡了),只觉茶汤清纯,青绿中有黄,饮之不免一愣：苦与涩已微弱，口腔内回味连绵不绝，舔舔上下嘴唇都是甜的，一年的茶转化得如此之快？

再闻空杯内气味，幸好还有丝丝甜蜜味，难道跟昆明大旱大涝的天气有关？这是喜是悲？一人喝茶，免了纷扰。

说几句关于洗茶、泡茶的话。

第一，洗茶一定要很低温的山泉水。因为洗茶只为涤去茶在经手包装、运输、存储、撬开等过程中黏附的灰尘。高温洗茶，虽能洗去茶灰，但也唤醒沉睡的茶，往往泡出茶的内质，此法洗茶，茶汤倒弃也确实可惜。

第二，泡茶水温也别太高。水烧沸腾后，搁冷到 95℃、96℃再冲泡，正常出汤。饮之，无苦涩，甘甜，只是不如高温冲泡后苦涩之余的回味强烈，此种冲泡方式适合喜欢淡雅口味的茶友。

这一年的倮倮茶客私藏 6 月 30 日才从西双版纳易武乡发往昆明，高兴。为何春茶现在才上市？与彝族传统手工制作缓慢有关，这方为后期转化提供必备条件。

很多号称春茶的普洱茶一味追求早上市，就选择滚筒杀青，揉捻机揉搓，烘干机烘干，都不选择在太阳底下晒干了，再有的茶成型后又进烘焙机烘一下，这样泡出来的汤苦涩味没了，陈香味出来了。太多刚刚学喝普洱茶的人在喝到这类茶后又如何能感觉得出来，有的咽喉会干涩、舌头紧麻，还有喝了就喝了，没有回味，这种茶后期更不会转化。

友情提醒采购新生茶的亲们，新生茶还没经过存放，还没达到普洱茶养生的特质，属性呈寒性，只建议收藏，少品。在酷暑天时可品饮，消暑清凉，但多饮伤胃、脾、肾。

不过，若真想感受这来自边陲之莽莽森林里春天的气息，也可选择在一个炎热的下午，泡上一壶当年的新生茶，感受它汤汁的鲜活、花果香的迷人，感受经沸腾的山泉水浸泡出的浓烈苦涩，瞬间，太多的唾液、甘甜刺激着口腔与味蕾……爽歪歪！敏感的身体再感觉一下，有轻微出汗。这舒畅的过程，也可用“经脉舒张、全身通泰、酣畅淋漓”来形容。这美妙感觉，非得喝到好茶才可体验得来。

那天，依然背着二儿子如晟宝贝，从住处徒步至茶仓，出了一身汗，舒泰；路边的野花采了一朵两朵，还有洋芋花呢。至茶仓，放下小人，赶紧烧水泡十年老黄片……哇，过瘾加解恨。边带娃边事茶，忙碌、劳累而快乐着。

7 月的一天，细嗅已经拆封的 2013 年茶客私藏散茶，香！ 2013 年的茶客私藏饼饼好靓，打开棉纸闻茶香，深嗅之下也醉。试喝新生茶，须用盖碗冲泡，仍然低温洗茶一道。高温冲泡第一开正常出汤，等不及茶汤温度低些就品尝：甘甜，无苦涩。第二开仍然高温冲泡，只是心里默数从一到十时即可出汤，再品：茶汤的苦涩甘甜都出来了，惊喜之余，苦涩味在口腔内的感觉已经消退，然后是绵长的回味，有体感。较之去年、前年的茶客私藏更妙也，不带私人感情地评论这款茶，后期值得期待！

仍然如嚼橄榄般的回味久久。

下雨，老天爷在忘情痛哭，泪水奔泻在窗外，扰人清梦，掀乱沉默的树，蓦地，我感觉到空气中的冷漠与力量。

侄女东旭带着俺孙子来看望姥爷[1]我了。我们尝今年即将上市的熟茶，真对得起“极品”二字。原料好，工艺过硬，今年古树春料，已无堆味，滑润感强。只差陈香味了，这假以时日即可实现。不会喝茶的侄女说：回甜。我窃喜，这结果本来也在意料中，这是倮倮茶仓 2013 年前所出品熟茶中最好的原料，以前的款就足够笑傲茶坛。这款更具优势，还是低调点吧！

注释①姥爷：云南部分地区对祖父辈的称谓。

又看那生饼颜色从深绿变为深墨绿带褐色，除了感受到它的薄积厚致外，也想到它的静默也是大美。人们常说“岁月是把杀猪刀”，而岁月对于普洱茶来说却是一种成就。

喝茶，让我平静，让我心胸开阔，性情开朗，面色红润。都说人生如茶，会苦一阵子，但不会苦一辈子。这话也让很多人有所感触并释然。

喝 2005“铜像船图”茶王，洗茶时就有蜜蜜甜甜的茶香飘入鼻腔，独享。丰厚的滋味满足的暖，像狗狗一样深嗅热空杯，不禁想起重庆茶友海风的那句：天啦！好香！

又喝 2001 年易武生茶，喝着喝着，汤色越发漂亮！金黄中有酒红，看一眼人即醉，诱人呀。口感稠密，温润，糯，有淡淡参香，或是桂花香，甘甜，干净。我在想，当茶王转化到近二十年时，后韵应该比 2001 年易武生茶更棒。

对了，忽然想起茶仓 2007 年收藏的临沧野生茶，特作以下友情提示：野生茶由于长期生长在无人管理的深山野林，与各种植物根茎相依，致大多茶略含有毒素，茶友们谨慎品饮。此款在茶仓第一年时品饮，有人喝后肠胃不适，第五年品饮，野性也收敛，茶汤已经趋于温和，香，回甘迅速。存放七年，尝后感觉不惊艳，对野生茶实在提不起兴趣。

又尝古六大茶山排名第二的 2000 年曼庄（蛮砖）古树春茶，此茶来自象明乡曼庄（蛮砖）最好的荔枝茶园。即便如此，茶味与易武古树生茶比起来，仍显淡薄些，韵味有点，但不能与易武好茶媲美。

在茶仓泡一壶丁家寨奢侈茶，百茶园纯粹古春。才第一泡，回甘就迅速持久，汤里也有普洱茶香气中最高贵的兰香，唇齿间，舌头上下，应该说整个口腔里都很舒服。美好的回韵，我手心已经微汗。这汤感很熟，恍然想起我家出品的金贵普洱生茶也是如此的韵味。

当心无旁骛地泡一壶茶，怀温情、感恩的心去品尝那款汤含兰香的金贵时，它也会将润温、甘甜的滋味呈现。茶汤微凉时，含在口腔里略停顿，再咽下，美妙的回味，享受的缓慢茶生活翻开新的页面，恍惚中，脑海出现儿时在家乡小河边抓蚱蜢当宠物的时光。对了，此时，茶仓外，阳光倾情洒落。

2013 年金贵，十五泡后仍甘甜如初。嚼甘草后的回味。沏者温柔，品茶汤即可感觉出来。温润，一年的茶也可以有。这境，这味。如果有人在场抱把老木吉他，如痴如醉地弹起《爱的罗曼史》，那就不用回忆纯净的初恋了，呵呵。

也试试用十年左右的生茶，混搭五六年的生茶一起冲泡，感觉茶汤里老生茶的稳重、平和，“青年”生茶的鲜活及持续回甘。

有时，闲时撬茶撬上瘾了，2001 年易武老生茶被我撬了十四饼。撬的时候，茶针插入茶饼，用小力一抬，它就被解开了。再经醒茶，又被我喝了，它的生命也就终结，留与饮者几丝念想。

这一壶香茗，于无声无息中，将坚硬的心抚摩，让其柔软。

滋养芸芸众生，让孤单的灵魂有所依恋。

如果此时，你正为俗事纠缠并处于十字路口徘徊，请先放慢脚步，暂停某些抉择，找一处可以品茶的地方，听鸟儿鸣唱，听泉水沸腾欢呼，尝那壶等你很久的普洱茶吧。

感受鲜活、馥郁、蜜甜；

咀嚼润滑、温暖、甘纯。

一切，原来可以很美。

人生，复杂而简单。

只是不知，那一生的诺言经得起一壶老茶的煎煮么？

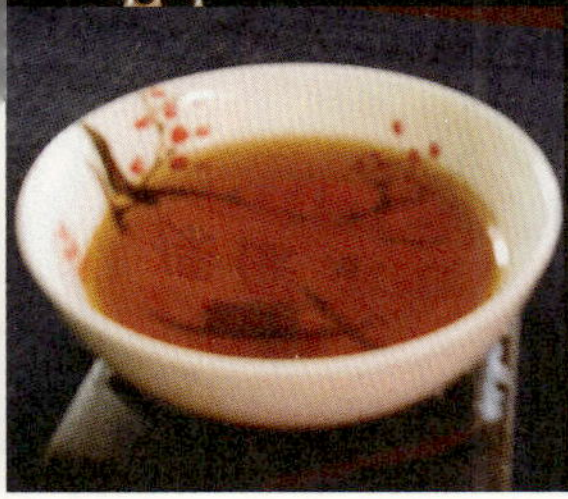

July,2013

# "Meet" book memories

# 《遇见》成书琐忆

茶路上的一些际遇

2013 年 7 月，我独立编著的第一本书《遇见》完成初稿，几许激动……待整体设计得差不多后就可以交与出版社了。

一高兴，为茶仓的泡台增加了一块蜡染布，效果不错。外面雨声淅淅沥沥，一切似乎都还是美好的。虽然确实辛苦了点，如果没有老妈在茶仓守着，那会更辛苦。毕竟她在，我就要努力嘛。有时冲好奶粉，将奶瓶交与二儿子如晟，就将他背起，坐在电脑前鼓捣书稿。如果有亲人打电话，我不想误了时间，就叫老妈代接电话。老妈接了，就告诉对方："幺妹在写书呢。"她的语调里还是有点神气的样子。如果没有可普不时地催促，因为她的催促也是动力呀，这本书又何时能完成呢？每个人这一生都必须得有一位良师益友啊，显然，可普是我今生遇见的非常重要的一个人。

老同学认真严谨的态度让我很惭愧。以前在教育学院学习三维空间设计课程的时候，我大多在看着那个美貌老师走神，而苏俊却是专心得很呀。他后来跟着老师

做图，一做就是近十年，不容易啊。

而我，呵呵，对于我的成绩，估计老师私底下都是摇头的，这是我猜的，因为他们的设计公司都不叫我去上班呀，我只去过一次呢，而且只是去观赏。哎，怪我总把很多事很多人想得简单，其实都不是简单的。只是我自己简单了，只怪自己年少时不专心读“圣贤书”呀。

12 月底,实在忍不住爆料了,可普说《遇见》一书已经印好,今天从北京发物流，意思是下周就到昆明。这对我来说，可是非常特别的新年礼物呀，为俺的 2013 年画上美美的一笔。

是的，只要在茶路上，我们总会相遇。

# Pu'er marketing

# 浅论普洱营销

真心做茶，才能长久

在茶坛，仅营销这一大范围中，每年春季出现一些事件都是正常的，这叫事件营销，都有一些人在操纵，比如，某电视台栏目独独去新六大茶山之老班章采访。从景洪到勐海的路好走，只是弯道多，在 2017 年前，从勐海到老班章的路可就难走了，想想那可是土路。如果再碰上雨天，那可就更难走了，唯有越野车方能上去。可媒体不辞艰辛也要上去采访报道，大致内容如下：老班章原料涨价，涨到每公斤 8000 ~ 10000 元；老班章的茶农要换保时捷或陆虎，要买别墅，可用现金一次性付清，不用贷款。

而在普洱茶界，让真正喝茶人纷纷折服的古六大茶山之首易武山的茶叶，媒体做偌大一个专题采访，竟然只字不提。其实从景洪到易武的道路好走，也只是弯道多，而且易武乡的繁华与富裕早在几年前就是整个茶山中排在第一的了。在易武乡，早有茶农开保时捷、奔驰的了。易武乡还有开发房地产的。如果媒体去到易武，可能会报道：易武茶农太牛了，竟然在乡街子上搞地产了。如此看来，易武乡如易武茶那样低调奢华。

老班章在 2017 年前还没有一家像样的宾馆吧？从勐海到老班章的路还是土路

吧？既然光茶农而非茶料贩子都那么有钱，那相信很快的，土路可以修好了，宾馆也要有几家吧，以便接待外来客人。

让举国都来喝古树新毛料，喝到肠胃刺痛，喝到拉肚子，喝到头晕眼花，眼前出现幻觉，云里雾里，这样才能亲身感受到什么叫够猛烈、够霸道。这种感觉以后不再有，让这报道效果更大幅度落地，拥护古树茶山的亲们，现在开始行动吧，最好将山上的树皮也生生扒拉下来嚼嚼，感受古树茶枝的精华，再将鲜叶亲自采下来捣碎了生吞入腹，这样，更能进入到原始状态……想想吧，从工业大城市，从钢筋水泥笼子，从尔虞我诈的圈子到了边疆高原地区，啥都生态，面对一些被太阳晒得黑黑的村民，吸着干净的富氧空气，大城市的人们乐疯了，啃点树枝生吃点鲜叶，对了，再来盘活虫子，这是多么激动人心的茹毛饮血画面。

我这样说，肯定有人会跑出来讲，你自己做易武茶，你就说易武好，就见不得其他茶山出出风头。

其实如果有这种说法，我也只有笑笑，没办法的事。我现在独爱易武，定位倮倮只做易武茶，偶尔也出点无量山的茶叶，也只是做着玩玩。因为我是固执的人，我不明白为什么有那么多人有那么多精力可以同时做好多好多座茶山的茶。我钦佩他们，自叹不如，并没有说哪样不好，只是每家的定位不一样、经历不一样，所以导致普洱茶个性化而已。

所谓道不同不相为谋，哪有背后不被人说的，不必所有人理解你，这是不可能的；也不必太多人认可，这也是不可能的。只要有那么一些人懂得你尽心尽力做出来的茶，也就足够。

只局部而非全局的报道误导了多少善良的观众，误导了多少想了解普洱茶的老百姓，哎呀，这茶好贵呀（还是毛料时就那么贵），喝不起呀！对身体是好，可是太贵了，是奢侈品呢！有些人马上站出来说了，人家龙井卖得更贵，人家铁观音卖得更贵，这个价格不算什么。

不好说什么，只是感到悲伤，当每年发芽的叶子都成了奢侈品的时候，当它脱离了大众的亲近，只为某些人独享的时候，已是叶子控制人，而非人控制叶子的时候了。

炒作毛料，而不谈新生茶得经过转化，也就是后发酵，人饮用后才能对身心有益。

我唯有暗自悲伤，因为我的声音弱，也只想静静地过小日子，确实无能为力呀。

感叹了下，气顺了些，想着：一杯茶，一本书，静守流年多好。繁华与喧嚣离茶仓很远。我们只管品尝一壶蕴藏十几载时光的生茶。岁月如斯，也好。

于是尝刮风寨的新毛茶吧。味出，果然过瘾，新生茶茶汤中春韵张扬，高香中不失内敛，口腔内苦感涩感较弱，疑是轻度揉搓，致古树新生茶该有的回甘迅速持久，表现平淡，奇了，难道瑶族人的制茶技术又被前往收购毛料的茶商指点过而改变了？

此款茶倒也适合刚学喝茶又有钱的大款们，既是名寨古树春茶，又无啥苦涩。只是不知经年后，这茶能否转变成优秀普洱。

这四年来，一到春季茶叶出来时，茶山都是相当热闹而怪象频出的，尤其，有的茶商邀请了些发烧友在贺开古茶园里支了几个摊子烤肉吃，还自豪地发微信朋友圈告诉别人，一时让人哗然。有的茶商，身为云南人却无视政府的保护古茶树条文，挑战政府权威，竟然爬到易武落水洞唯一的一棵近千年的古树上采茶，一边采一边发微信朋友圈叫卖！这令人发指的行为，就因为赚那几个钱，真的好丢人！而这个茶商，在我的《遇见》一书里我竟然还写了他！我实在无法原谅自己高度近视的眼睛。我清楚地记得我当时在微信里指责了他，人家竟然厚颜无耻地说，他已与易武乡政府签了协议，同意他采这棵被勐腊县政府保护起来的茶树的！无语啊！这棵树，在 2017 年 7 月份我带着 CCTV 发现之旅频道《品质》栏目摄制组去重走倮倮茶之路时得知，她快死了！对了，茶山每年春天的稀奇事件还真层出不穷。就是近点的 2017 年春茶出来时，某茶业公司在老班章茶王树旁搞现场拍卖活动，一公斤毛料竟有人出价四十多万，于是各种新闻、微信上到处宣扬，接着这场恶剧又受到更多茶人的批评，以及勐海县茶办的严肃警告。但凡有点普洱茶常识的人都知道，这种拍卖都是有猫腻的，纵是钱多的土豪也不会花这冤枉钱去购得这一公斤从功效上来说还不算普洱茶的晒青毛料。但这在坊间也是个谈资了，相信在各种茶叶市场，在各茶庄、茶馆、会所里，喝茶的人，会边喝茶边说：今年的新茶啊，价格又涨了好多。其实好茶也确实在涨的，特别是自 2014 年就开始一天一个价，而 2017 年，是自 2011 年来涨得最多的一年，已经超过正常涨幅的百分之三十。这在我看来，是种不符合市场规律健康发展的现象。在 2016 年的时候，就有很多茶企，还有茶庄等纷纷因经营困难而关门。2017 年，成品市场也有些萧条。但我粗略算了下，我的茶友却是在增加中，我想，这或许与我最初对品牌定位的精准，品质保证，价格不乱等因素有关吧。

因此，无论市场如何变幻，无论经济大环境如何，在中国几千个普洱茶品牌中，以坚持品质，坚持只做一件事，坚持精耕细作，传播彝家文化产品，坚持一款一个彝族元素，以最具文化底蕴品牌的倮倮茶赢来了 CCTV 发现之旅频道《品质》栏目的青睐。CCTV 发现之旅频道《品质》栏目履行媒体责任，发挥正确舆论导向，传播社会正能量，帮助优秀企业展现民族企业风采，提升优质企业品牌形象，强化民族品牌自豪，用国家平台成就民族品牌。毕竟经过他们的调查，发现倮倮茶的定位与《品质》栏目的定位“品质、精致”一致，为消费者（观众）负责，于是才有“探寻”倮倮茶易武之旅，为混乱的普洱茶市场注入一股清泉。只要专注，只要真心做茶，抱终身投资心态去经营茶，才能长久，只有遵循商业规则的商家方能赢得尊重。2017 年 11 月 28 日晚六点，倮倮茶人文短片《好茶需要时间去成就》在发现之旅《品质》栏目播出。随后，各大视频网站也可观看。

这里也祝贺《品质》栏目于 2017 年 9 月 27 日举行的第十五届中国杰出品牌营销年会上荣获“中国杰出商业纪录片奖”，更是《品质》栏目及我们的茶友们见证着我们的民族品牌倮倮茶的成长。

（本文 2013 年春至 2017 年冬整理）

# 品质

CCTV | 发现之旅 OUTLOOK

CCTV 发现之旅频道《品质》栏目李良导演、摄影荆雪飞与张宗群

倮倮
Luo Luo
普洱茶十大个性品牌
普洱茶最具文化底蕴品牌
网络口碑最好普洱茶品牌
云南唯一坚持易武正山纯料的茶品牌
中国最专业茶论坛《三醉斋》最热茶铺
首届普洱茶国际博览会技能大赛唯一指定用茶
倮倮茶仓
昆明果果茶业有
经营理念
真心做茶 科学说茶
倮倮茶仓
普洱茶
GODOWN
演绎传奇的倮倮普洱茶

广东电视台采访

*January,2014—June,2017*

The second series

# DIARY EXCERPTS

## 第二辑 / 日记选

2014

# "Meet" arrived in Yunnan...

## 《遇见》样书抵达云南等

三十八则

二儿子如晟在易武

*January 23, 2014*

可普与她闺女到了,《遇见》样书也到了！其实,我的心相当激动,只是表面上仍是一副冷静的样子，这是属蛇人的一个特征。当时喜悦的氛围充满茶仓。之后，可普昆明的同学及我的一些老朋友纷纷到茶仓祝贺，还有外地来的倮友，签名、拍照，让我感觉了一把被捧着的滋味。另外，因为害羞，也不好意思开什么新书发布会，就这样默默地吧。全国的新华书店、一些电商都有销售此书，相信与此书有缘的人自会遇见。

之后去了易武，与易武乡茶协副会长永文哥，原易武乡村支书、今易武乡监督委员会主任带了一本。

《遇见》里有一幅我为他拍的照片，图中他手扶千年茶树，这棵茶树砍后发出新芽。他说，书里记录下来的很多场景现在在易武已看不到了，只能翻看《遇见》来回忆,《遇见》是易武九年发展变化的纪实书。他说他会把这本书放在茶协的陈列室。

## *March 7, 2014*

耐得住寂寞，对每个人来说，都至关重要。耐得住寂寞，方能内心平静，宠辱不惊，有所作为。耐得住寂寞，才能不为外物所诱，抛开私心杂念，不浮躁，不盲从，保持正确的人生态度和价值取向；才能对真正所爱好的事情专情凝注，心无旁骛，不怨天尤人，不妄自菲薄，不见异思迁，向着既定的目标坚持不懈地走下去，最终总会有所收获。

可是，这一年的 3 月，是个忧伤的 3 月！

因为就在前几天，西双版纳州勐海县贺开古茶园内发生了一件令人发指的事。居然有企业组织几百人在古茶园搞野炊烧烤！多年前，我在易武乡探茶，因为好吃好玩，但也只在小河边烤过竹筒茶、竹筒饭、牛肉，煮鱼等，也算生态的事，不曾破坏生态，也有乐趣。

但这回，这些人的创意简直就是践踏老祖宗留给子孙们的宝贵资源！他们竟然在古茶园里组织很多桌烧烤！这件事的性质之恶劣，与那些见钱眼开、偷采千年古树茶的窃者一样丑恶。

这季节，马上要下雨了，随后，虚高毛料价就会下降，回归一个合理价。普洱茶是后发酵茶，它对身心的好，在新毛料、新生茶里是无法体现的，喝高价新生茶纯粹喝的不是普洱茶，是一份自以为是的“尊贵”。这几天，探到贺开茶叶价格从 160 ~ 1000 多元 / 公斤又到 400 ~ 600 元 / 公斤；老班章 1500 ~ 8000 元 / 公斤，邦盆 1400 元 / 公斤，巴达 380 元 / 公斤，滑竹梁子 460 元 / 公斤……价格不一。

## *March 16, 2014*

2014 年 3 月的一个下午，与助理小亲、曾孙两人去茶马古道风景区走马观花地转了下。晚上，仍然住在三侄如照家。虽然条件比不上酒店，但是不去他家住呢，他又多心。期间，与布朗乡副乡长、书记，还有县移民局许局长，吃了两顿饭。大家聊的都是茶，有人说还是勐海老班章茶最好，也有人说易武茶毕竟是贡茶，各有各的好。

昨晚，三侄将《遇见》送给布朗乡范副乡长，说：这就是茶文化了。那个语气有点得意，相信他也很高兴有我这个姑姑吧。

前晚，一窝人喝倮倮 2005“铜像船图”茶王。小亲用飘逸杯泡，最少也是 28 开。大家一杯又一杯的，下得很快。

布朗乡纳书记说，有些收购毛料的人将小班章或其他便宜茶拖到老班章村口又拖下来，弄得袋子上灰尘多多的，就号称是老班章茶了。这种情况，他们也管不过来了。

幸好，我目前只爱易武，只做易武。

当然，易武茶的行情也很混乱。所幸我能选原料，也有幸遇见品质好的合作伙伴与我一起精制倮倮。

也因为经营茶，总有各种途径品尝各座山头的茶。

今天拍照片多，也戴了帽子，但脖子、脸上，都被阳光晒伤了。

记得多年前，在楚雄彝人古镇游走时，与当地彝族人闲聊起人耳朵红的话题。老人会说，这是有人在想你了。其实，这话我妈也说过。此刻耳朵红，不知道谁在想我呢？

## *March 18, 2014*

帕真山，相邻帕沙

茶树够大。暂时没有被这座山上的茶所迷住，或许是闻惯了易武茶的蜜香、花香、果香、兰香……

帕真山的茶香味很浅，茶汤倒比帕沙、老班章的刺激小、柔，也有回甘。哈尼人炒茶后揉茶力度很小，说是使劲搓茶会导致条索不好看。我叫他一定要将茶汁搓点出来，手感有些黏糊才行，交流内容从茶叶下铁锅、不戴手套炒茶到茶叶制成成品。

还好，昨天下午与晚上，我喝了五款茶，居然没拉肚子。也许是路途太颠簸、人很劳累，这几天都没睡好，躺在乡镇小旅社的简易床上，倒也很快进入梦乡。山上早晚凉爽，风大灰大。幸好旅社有热水可以冲澡，不像最早去易武时住 20 元一晚的旅社，没水。

待到二春时，再看看哈尼小伙的做茶技艺有没有提高。

*March 19, 2014*

与在勐海一家茶企工作的本林兄弟吃过中饭后，回国威酒店。有亲爱的小亲在身边真好,喝着她泡的倮倮 2005“铜像船图”易武茶王，幸福的感觉在蔓延，就让我永远沉浸在这温暖厚重的茶汤里吧！

## *March 20, 2014*

到的山头、具体寨子我就不提了。路远，路况也不好，去的人少，寨子里也没有各种新建筑。

从山上下来，又尝了五款茶。实在不行了，心慌，浑身软，手心出汗，回国威酒店。总台告诉小亲，我们只能住到明天十二点，因为所有房间都被财大气粗的土豪公司包场了。俺还是快点打开电脑工作吧。

又尝贺开茶。小亲泡茶也娴熟了，突击演练加上她五年的喝茶经历，领悟很快。

下午，又尝巴达山春茶。

只是我与小亲连续一周来天天尝各种茶样，上山下山，现在体力终于耗尽，反应已经迟钝了，心情也如勐海的天空般阴郁。方才勐海飘有雨，一天没看到太阳了。昨天也是隐约地偶尔看到阳光。无论我怎么使劲地想挖掘出这里茶的卖点来，可事实上，我实在很难找到能与易武好茶媲美的茶，已经很耐着性子地喝到最后尾泡了，而汤仍无甘甜。

再待几天吧，再寻寻，或许能征服我味蕾的茶就在下一泡。

其实，今年勐海并没有去年热闹。本地一个做毛料的小伙子这样说。

很多人只忙着赚快钱而不考虑长久。

在政府上班的官员也在倒腾毛茶，也许就几公斤，却也算间接推高毛茶价格的帮凶。他们对我提出的担忧“如果大涨以后出现大跌怎么办？”的问题避而不答，还说，各有各的玩法。

昨晚，在我与小亲住的酒店旁一家茶庄喝班盆春，第一泡后闻空杯，倒也有香，但非花蜜香、果香、蜜香，我的感觉是臭香。班盆紧邻老班章，叫价1400元/公斤。同样的，班盆茶挂杯香不持久，在昆明储放三个月后就出香了，口感、香气接近老班章茶。对于高价毛茶，我的宗旨是不锦上添花。如果真要喝新茶，又另当别论。

思考再三，对于勐海县的茶，我还是没有出手。

## April 13, 2014

经倮倮 VIP 茶友可普提醒，以今年西双版纳勐海县景龙村山顶平地雨后第一拨鲜叶，经老张纤细玉手，按传统手工特制“茶”字一幅，献与众茶痴，以解亲们没有亲手采摘鲜叶、把玩叶子之苦也。

*April 16, 2014*

在傣族地区办事，经过春季长达20天的接触，发现必得具备三个条件：

第一，微笑。正常的浅笑，友善，眼神略带威严，不容侵犯的笑让别人尊敬；毕竟气质美女出门办事，除了保护好自己外，还得将事办好，与民族兄弟建立起真正的、健康的感情，才能长久相处。

第二，能唱能说。酒兴正浓时，最好与民族兄弟们唱歌击拍、吼成一片，最好会来几句民族语言，尤其是那句饮酒口令“水水水水水”，激发豪迈快乐的同时，让“哥儿们”的感觉注入彼此的心中。当他们五六个人用磁性的嗓子唱起很美的、如诗的民族情歌时，你也许会忘记此行的目的。虽然那傣语歌词，根本就听不懂。但曲终人散时，须得让他们感觉你永远是理性做事的人，不是来花天酒地找情郎的。

第三，有一个强大的胃。不论他们的菜看上去如何的不敢下口，也不要表现出你不爱吃的情绪来。傣味虽美，但天天顿顿吃会让人审美疲劳，更何况这入口的东西。但无酒不成席，少数民族更是不可一日无美酒，当一杯杯自烤酒随着热情的“敬酒歌”放在你眼前，你除了无法拒绝外，还可能忘记胃也许会受伤这个事，所以，要养好自己的小胃呀，日子还长着呢。

早点吃了皮蛋瘦肉粥，随后赶摆去，这傣族年今天后就差不多过完了。

## *April 20, 2014*

昨晚回昆明，今晚才从西双版纳、傣族人的傣历新年及天天吃傣味菜、各种推杯换盏、泼水赶摆、签字盖章等活动中缓过神来。

茶仓人、家人，他们或休息或活动，我一人在家带二儿子如晟。中午，我俩去茶仓一趟，感觉还是在茶仓自在，待了一下又回家。

一直忙忙碌碌，才发现这栖身的地方还是美的。

上午看电视《爱上男闺蜜》，不免感慨。

作为女人我怎么就如此好强？多操心啊！为甚不懂得示弱？其实在家带娃、做菜，感觉也是不错的嘛。下午还可美美地睡大觉。

难道这就是宿命？

*April 21, 2014*

碧鸡关艺术社区土豆工作室，一个人的茶事。不用繁杂的框框条条，也不用称茶要精准到几克，目测就可猜到在六克左右。茶好后，烧水烫壶，投茶注水，温杯醒茶，再沏茶，柔缓出汤，就可邂逅一份与遥远山野的肆意烂漫。耳边绕着廖仕伟的纯音乐《风起》，几杯清茶后，再继续读余华先生的书《没有一条道路是重复的》，岁月静好。

## *April 26, 2014*

经过半年多在普洱茶汤里的浸淫，倮倮茶仓沈阳分号王仁乾对普洱茶的理解、感悟已上台阶，泡茶技艺也比去年 9 月来昆明时进一大步。更明显的变化是，他的气色比去年好很多，体重也下去十五公斤。他说亲戚朋友都感觉他的状态比较好，生活也有规律，还有一份健康的工作。去年他来昆明是因为他的父亲爱好普洱茶的关系，现在他来却是因为他本人从情感上、身体上都离不开普洱茶。他的品茶水平也提升很多，对诸如后韵、体感、茶气等都有很敏锐而强烈的感觉了。

下午也是三款：二款生茶，一款熟茶。

（之后，在 2016 年，王仁乾做了倮倮茶辽宁省的代理。）

*April 30, 2014*

今天上午，尝易武老生茶。是前不久与小亲收拾仓库时“意外”翻出来的。温润，平和，丝丝缕缕，甜香内敛，让饮者感觉如与一位阅历丰富、知识渊博的长者交流。

煮 2005 年小熟砖的茶梗：樟木香，甜，甚是顺口。

## *May 12, 2014*

一个人，一壶 2010 年“虎图”金贵勾兑 2001 年易武生茶，那味那香真适合一个人心无旁骛的闲情。

想起前几天做的初夏大梦，此梦太大太神奇了，我竟然梦见习近平总书记夫妇……现在想来仍很汗颜。

感受汤中的骚香，活力与平和都在里面了，几杯入腹，胃暖心暖。

静中一抬头，发现两只猪猪（茶宠）在乐呵呵地凝视着我，于是我也乐呵呵地凝视着它们。

## May 13, 2014

来自易武山高树龄、高海拔的明前春叶，严格遵循彝族祖传制法。其成品在昆明摆放一周后，趁今日昆明天晴，于是投茶七克左右，盖碗正常快进快出冲泡，只见叶底已无刚上昆明时的翠绿，茶汤嫩黄，重墨绿浅。洗茶烫杯闻空杯有香，具体说不出是什么香，似乎是甜蜜的花香，至于是什么花就说不清楚了，总之有香挂杯。热汤进口略停，含汤咀嚼，可感温润滑腻，苦涩弱，汤含香。回韵在一分钟后，两颊与舌底生津，喉咙往口里回甘。五开后，手心微热，肢体发软，后劲强。

冷汤也好入口，新茶无青涩，也展现沉稳持重深内涵，担得起倮倮茶八周年纪念桂冠头衔。这款茶，连我自己也狠狠爱了。

非常值得拥有，待茶在昆明再放放，香气与口感会更棒。

友情提示：新生茶虽好，但是仍然性寒，只算晒青茶，还没转化为严格意义上的普洱茶，饮多恐伤肠胃。酷暑天可品饮消暑图清凉，不建议多饮，建议存放五年后再经常品饮养身心。

## *May 30, 2014*

仍然是咀嚼甘草后的回味。

热烈的午后，盛满春意盎然的几杯茶汤入腹，一颗烦躁的心不由自主地随即安宁，静享这份天然。

若置身在烂漫的山花丛林，有蜂儿在嗡嗡采蜜，有蝶儿在翩跹起舞，有鸟儿在啾啾歌唱，还有蝉儿在悄然蜕变。

又仿佛漫步在先人栽种的古树茶林里，偶尔摸摸树干上粗糙斑斓的纹理，再闻闻鲜活的叶子，那让人迷醉的味道啊！

静得能感受到茶树在享受阳光雨露后欢乐生长的喜悦，这一刻，我很愿意闭上眼睛开始冥思。

不忆过去，过去的就过去了。

我的人生，也躲在这纯净的春天的故事里。

感受最高贵的兰香，绵延活力的津津有味，在燥热的春城，冲泡 2010 年金贵。喝上一壶好茶，愉悦感让人产生似乎拥有整个世界的满足情绪，我已看到宁静、祥和、幸福在茶仓游弋。

*June 9, 2014*

每天下午,泡一壶 2005“铜像船图”易武茶王已经成了一种习惯。

这特别的甘、醇、香，勾我魂魄。

也让人不再想那些梦想的事儿……

也让人忘却曾经的伤痛……

撩动身体快乐的弦，拨弄一曲雨后听的彝族舞曲，澎湃、优美、有气势。

静与思，也好。

## *June 23, 2014*

喝茶后不想说话，只沉浸在自己的感觉里。

集天地日月之精华、山野之气、阳光气息，内有野菌香，还有山风拂面之感。

四开后，体感来了：身上发微汗，平生不平事，已经通过毛孔散开。小亲笑眯眯地说尝出感觉了，然后，各种舒畅的形容……

又是一段享受而欢喜的时光。

*July 2, 2014*

6月底，在南京参展，与南京的新老茶友小聚了一下。随后，应邀去了一趟扬州。扬州倮倮茶总经销潘总太热情了，与扬州的倮友们聚后，潘总又亲自驾车送俺下常州。他为人很绅士。很感谢哈，操心了。

谢谢倮倮茶发烧友李警官、郭行长、李处长的陪同，去之前真没想到各位对倮倮茶如此深爱。

此行时间太短，潘总说，否则，他会约其他好多位倮倮茶友见面。

更要感谢郭行长牵线搭桥，因为最早是他带着倮倮茶与潘总品尝，也是他建议潘总经销倮倮茶的。

再要感谢国内最专业的茶论坛三醉斋茶网，因为郭行长是上三醉斋茶网而接触到倮倮茶的。

茶缘起，不再散。各自珍重、珍惜。

## *July 27, 2014*

今天星期日，一人静啜 2005 年易武茶王。

昆明天气阴晴不定，暴雨来临前的预兆。

想象自己是个柔情似水的人，沏出的茶王，汤入口那一刹那，舌苔上即时感觉出的那份说不清、道不明的香及滑腻。梅子香、花蜜香、甜蜜香、果子香，都太单一，无法形容茶王的混合香。这后韵，隽永的甜。

这分明就是人与人之间，某些无法言说的情，不可说不能说，说也说不清，但总有丝丝缕缕的牵挂。这是历经数载的沧桑，沉淀天地日月之精华的美，滋润我等俗人，驯服孤傲，安顿悲伤。

那又是谁？某孤独的痴人讲：一个人喝茶，喝的不是茶而是寂寞。

我却觉得，一个人喝茶，喝的是茶，迷恋着这香，更是一分安详。

关键是有儿子帅哥陪伴左右，心情自然不同。

还有老朋友约去易门吃野生菌，更是让人心花怒放。

*August 3, 2014*

下午四点半，云南省鲁甸县、巧家县、昭阳区、会泽县发生地震，以鲁甸为震中心，震级 6.5 级，谁想到会如此严重？ 600 多个生命就这样告别人间。大量的民房倒塌，很多老人、小孩都被无情的灾难夺去生命。作为一个昭通人，我虽然身在昆明，面对离我很近的一次重大灾情，我的心在滴血。我无法想象，万一我现在所在的地方也出现这种灾难，如果我被埋入废墟，我的家人该是如何的撕心裂肺！我的两个孩子，在他俩的成长过程中，没有母亲的人生又能有什么快乐？

## *August 8, 2014*

每天看到志愿者发回的灾区情况，我心里很难受，很纠结。我实在想亲赴灾区，能做什么就做什么，哪怕只是抱抱那些失去父亲的小孩，哪怕只是静静地陪陪那些失去孩子的父母，哪怕只是帮他们递递善心人捐献的各种物资……

我是一个茶商，只经营我喜欢的普洱茶，享受这份宁静的茶生活，无意争名利，经营近十年的公司仍然非常小，现金流不多，但是我存了一些茶。现在，这件事我得执意去做，那就是拿出 100 万元的茶进行义卖。因为我害怕当我碰上灾难时没有人帮我，我也害怕当我年老时回忆起这件事，因为没有做一点点事而悔恨。我希望更多人也参与进来，人生太短，太多的痛楚，我们需要温暖、需要互助。不管捐赠什么与捐赠多少，哪怕只是在心里的一份祈福，都是一份温情与爱，都得谢谢各位茶友！

这段日子，我已经悄悄地背着人流了好几次泪。原本自己没有如此多愁善感的，一直都号称是个坚强的人，是铁打的女汉子，可不知，为何这回如此脆弱。或许因为当上母亲后心变得柔软，或许我本来就是个软弱的人，只是现实社会让我表面变得坚强而已。不论如何，感谢茶友们对云南此次地震的关注与倾注的爱心！

*August 10, 2014*

虽然从来没去过鲁甸，但看到那些灾情，心里非常不安。这几天来，真的做不到气定神闲地品茶，也做不到吃好睡好……人生如梦，人生匆匆，所有的，包括生命，又岂是自己所能操控?

茶席已铺上，谢谢《春城晚报》深度报道栏目主编温星的夫人一早赶来义务帮忙！谢谢西苑茶城里经销老同志普洱茶的老白昨晚送来的白玫瑰！谢谢倮倮茶仓小亲采购今晚为灾区生命悼念茶会的所需物品！

谢谢所有关心灾区的认识或不识的人们！

## *August 11, 2014*

我身上这件衣服是八年前的，当时穿着它参加西苑茶城在翠湖宾馆组织的业主答谢会，其中就有拍卖茶品资助云南艺术学院学生的事项。倮倮品牌第一款珍藏品一饼拍得 1500 元当即捐出。商家义卖一般两个目的：一是为了推广，二也是真心怀有善念，毕竟，帮助别人也等于帮助自己，没有谁从没碰上过困难，没有谁从来不需要帮助，更多人相信这世上有爱心的人确实不少。对于鲁甸地震，很多省外茶友给予关爱，非常感谢！也希望更多人相信佛家讲述的因果关系。

让一切悲伤藏在心里，仍得微笑面对生活。我们无法躲避灾难的降临。但灾难来临后，我们可以抱团取暖。人世间最大的事莫过于生死，让我们在生时做点善事，为来世积德。

美丽生态的云南多灾多难，多年来不断遭受自然灾害的无情肆虐——从连年的干旱到今年的“8·03”鲁甸地震！为了受灾群众，虽然政府各部门也极力组织各种援助，如捐款捐物、派遣医疗队等，民间各界也有钱出钱、有力出力，但这些措施对灾后重建、安抚灾民心理等长期的事项还远远不够！重灾区鲁甸县水磨乡急需大米、粮油、棉被及过冬衣物等物资，也许还有其他地方急需各种物资，作为全国普洱茶友们关爱的云南本土企业之一，即使我们现在发展缓慢，也该站出来，以尽自己的绵薄之力！于是，倮倮茶仓（果果茶业）在8月11日于网络上通知，即日拿出2500饼易武2014年茶客私藏春茶（生茶）进行义卖。所售茶款不计成本全部捐出。

这次义卖，省外茶友们购买量最多，是献爱心的主要力量，在此深深感谢！

## *August 12, 2014*

昨夜、今天，昆明下大雨，想必灾区也是如此。

心情很差，我想着将义卖的消息发出去，让更多人来关注、参与，于是发到我加入的一些 QQ 群里，没想到有些人说我只为我自己的名和利……而这群，是云南一位茶商所建。当然，也有人称赞及表示支持，但是，我仍然感觉这个群里的人不如省外的茶人茶客对鲁甸地震的关注态度，似乎已经麻木。他们总是讲没有第三方监管。如果有第三方监管，他们就可以放心，那商家自己操作，他们就不放心了？

为什么一件单纯的事，总有人想得那么复杂？

倮倮茶在茶坛名声一直很好，口碑综合更是第一，根本不需要炒作，尤其做不出这种无谓良心靠灾难事件来炒作的事。市值 100 多万元的易武生茶成本也是几十万元，有几家茶企这样做了？居然还在那里说三道四，这些人要是有种，也去捐钱捐物，或者拿出 2500 饼好茶进行义卖！

虽然我不是鲁甸人，但也是昭通人，做这次义卖，只是尽心意而已。旁人理解不理解，我无所谓，旁人参与不参与，我也无所谓。

August 13-16, 2014

短短十天，我已明显苍老，尤其是心，似乎离荒芜很近，我欲求灵魂的安详。

现在除了生死，什么都看淡。沉重的心情使我在倮倮茶仓里坐立不安……其实，我的胆子很小，地震那两天太想去，可我真的怕，怕那些余震、疫病。我也从来没去过地震灾区，以前只听一些曾经参加援助的朋友讲过，听起来很惨、后怕。但这次，似乎灾区有声音在呼唤我，我必须得去。对灾区来说，我的付出只是毛毛雨，但不管多少，意义一样。

于是，我还是携家带口地去了趟灾区，那些惨景我就不描述了，我悲悯的心情也不说了。总之，天灾无情，人间有爱。

回昆明后将爱心款子捐到云南省青少年发展基金会，用以支援灾区的少年儿童。希望工程的青基会回馈我一个证书，每次看到这证书，心生庄重。

## *August 30, 2014*

在茶仓独自尝2006年老班章生茶,这一批是比较纯粹的老班章。这韵，不如差不多年份的、存放地一样在昆明的易武茶绵延，暗香浅，有回甘，茶气差些。不是因为自己经营易武茶，就不接受其他山头茶，而是通过这么多年的实际对比而得出的结论，易武好茶能占古六大茶山第一位，又是贡茶，自有其原因。

红掌被小亲养得娇艳。

那是玉米树么？长得好高了，小娟有啥想法没？这几盆你也放在倮倮茶仓就不搬走了，算送我了是么?

刚才自拍素颜照一张，感谢关心我的人，放心哈，我身心又恢复健康了，又开始生龙活虎。

## *September 1, 2014*

向裸茶（去掉包装纸的茶饼）哈一口气，凑近鼻子用力吸，已无渥堆味，鼻子里溢进的是熟悉的、温暖的易武熟茶特有的香。

虽然前久已尝过，但今天昆明晴好，中午的茶就这款吧。

魅惑的艳红，甜润干净的滋味，一种麦穗炒熟后的记忆，是的，仍然是儿时在出生地镇上去田野里与伙伴们无拘束玩乐的感觉。也是一种夕阳西下、炊烟缭绕、鸡鸣犬吠的画面。

暖意丝丝缕缕弥漫在茶仓，轻盈地安抚所有的物件，当然，也安静了我的心。

## *September 10, 2014*

陈年红酒的艳丽、醇美，绵软的糯，竟尝到易武生茶里那比蜜香还多，无法用语言形容的香。仍然洁净、润滑、甘甜。无与伦比的倮倮熟茶极品，离燥热很远，原料的品质好，加上高水平技术造就了真正意义上的极品。尝到倮倮熟茶极品，还有心思垂青其他茶么？

即使在干燥的昆明，本来很少喝熟茶的我也喝了五杯，再不担心嘴巴里冒火了。

### *September 15, 2014*

不管是什么心情，茶是离不了的。

也不管什么器皿，茶味总会被沸水泡出的。

甜糖蜜蜜香的热空杯罩在鼻子上，半天不忍放下。

就让一切随风而逝，只要有茶陪，哪能活不爽快的。

不高估人，也不对人抱有太高的期望。总之，自己喝舒畅了再说其他。

## *October 1, 2014*

2013 年"铜鼓舞"倮倮熟茶五克，配玫瑰花骨朵十五颗。水烧开后，适当停顿十五秒左右，正常冲泡，定点注水，水柱匀速缓和。切忌急躁的"泼"，更忌将水柱沿着盖碗壁边转圈。此时，一定要想象自己是个柔情似水的人，或许很多人本来骨子里就很温柔的，只是不在所有人面前表露罢了。

出汤同样要匀速缓和，想着此茶是滋养最爱的自己，也必得会温润有缘同饮者，那么，经过有爱心柔情的人沏出，这壶美容养生靓汤就会将她最美好的一面展现。

玫瑰花香甜，沁人心脾，清而不浊，理气活血，舒肝醒胃，性温和，行气解郁，调经养颜。

倮倮熟茶茶香滑腻，除养护肠胃、调节身体的整体机能外，果胶成分含量多，更紧致肌肤。

当花香融入滑润，一段安谧、平和的味蕾体验让人铭记于心。

*November 1, 2014*

周六早餐后，一壶普洱致纯真时代。

还是那句老话，只有心思纯净的事茶者，才能沏出一壶至纯至真味的茶，否则，再优质的茶也无法展现出它的美好来。正如一个原本优雅的女子，错嫁莽汉，也只会让人看到她的强悍甚至泼辣。另外，我们在事茶时，要想吃到杯中美茶，除了拥有一颗单纯的心外，还要掌握最基本的沏茶技艺。

露露此刻明显已将这款致纯真时代普洱茶演绎得淋漓尽致，汤汁中的花蜜芳菲、阳光明媚、鸟语啁啾、如诗如画般的甘甜悠久，可浓郁、可淡雅的年华尽在唇齿间绵延。

感恩能在喧嚣的城市中有此清静之地修身养性，珍惜此时美好光阴，珍惜身边人，照顾好自己，是我目前要做的。

## *November 5, 2014*

这真的是陷阱，而且这是茶坛最迷人的陷阱！

只有倮倮茶仓舍得用平均树龄上六百年的易武古树春芽来制作熟茶，一次经典便是永恒。

长达七个月，从采摘到今日杯中尤物，只有恋茶至深之人才愿意等候。当然，再往后等，它会愈加让人欲罢不能，温润如与具高古风格的书法大家交谈，丝丝暖流，温柔的岂是一颗漂泊的心？纯粹的茶汤已将肺腑安慰洗涤，浑身慵懒心已安，这不是冬日里那暖暖的被窝、长相思后与心上人约会的拥抱么？不舍，舍不得离开……

情愿躲在这柔情蜜意的陷阱里不见天日，不悔。因为对于爱茶的人来说，拥有她即拥有整个世界，其他都是浮云。

与张三亚夫妇、内陆飞鱼情侣、小朱举杯畅饮倮倮茶生、熟配冲泡出的汤，听着偶尔传来的狗吠，也挺不错的。

每个人都是孤独的，不要指望永恒。毕竟每个人都是独行者。

*November 8, 2014*

早茶时光。

盖碗、公道杯、品茗杯、茶巾……逐一洗净。找茶、烧水、醒茶、出汤、烫杯……终吃得杯中物。

今早饮茶有感！！

万物皆有灵性，更何况，日日被有生命活性的倮茶汤浸润的杯盏器具？即使是普通不过的盖碗，也曾为我们奉献过无数次香茶，我们实在没有理由在使用了它们之后，就置之一边不予清洁。但总有些谬论散在茶坊间，认为养紫砂壶、茶宠等，不必将依附于上面的茶垢洗去。很多人被误导，还真的不使劲洗，以自来水随便冲一下，不管是壶还是盖碗一样粗糙对待，时日一久，更致那些茶垢越积越多，最后发出臭味。壶如果经常用，也还罢了，可就那接醒茶水、烫杯水的小桶里，因长期不仔细洗干净，在夏季，最多四天便也跟着发出恶臭，导致本来好好的心情、好好的茶，喝出的却是另一种滋味来。

因此提醒，不管是在工作场地，还是在家中喝茶泡茶，都要记得在茶尽情过瘾后将茶具拾掇干净。这样，下次喝茶时不仅方便，也不影响心情，更不会闻到接水桶里因长久堆积的叶底发腐而散发出的臭味来。

## *November 16, 2014*

晚饭吃了从西双版纳勐海县带到昆明的冬瓜小香猪、红参炖土鸡后，以 2011 年“龙图”茶客私藏兑 2001 年碎茶，吃饭油腻之余吃此夜茶，除了达到祛油腻的目的，还有美的享受。那汤感着实美妙，仅仅用“醇厚中有活力、回甘绵软悠扬”来形容就肤浅了。当十三年的生茶与三年的生茶相遇、融合于水的浸出物，含在口里感受，再轻轻咽下，无疑这会带给人美好的想象，想着自己越来越美好、越来越顺利、越来越幸福，我便真会如此，这是佛家讲的境由心生一说吧。

另，云南作家许文舟的书到了。他曾参加过倮倮茶仓第二届网络茶文征集活动，这位专业作家的文章是那届茶文征集活动里最棒的一篇，只可惜他专注写滇红茶故乡了，而我的征文要求是关于普洱茶的，虽然他与特等奖无缘，但也拿其他奖项了，更主要的是，我也自此很欣赏他朴素真挚的风格。在此，恭喜他两本新书问世！

*December 6, 2014*

夜幕降临，与露露尝2009年金贵两泡。这两泡茶都存放在昆明倮倮茶仓，一泡放在紫砂罐里，另一泡才从笋壳里拆开。

放罐里的出汤后，汤感温润、馥郁蜜香、甘甜。

下午，土豆打着哭腔叫我明天出门、后天回。不要离开他超过三米，要陪他一百万天。

感叹：这世上，也只有这个男生对我如此情深义重了。不知十年后他会改变否?

## *December 7-24, 2014*

在广东省，走了广州、珠海、清远、顺德、东莞、深圳……见了倮倮茶的代理商及一些茶友。此行主要是参加深圳茶博会展览，期间认识了几位新茶友，如凤凰周刊的许副总、深圳平日上房地产的吴总，又见了汕尾的老茶友庄总、三醉斋的一些斋友等。

印象最深的是，平日上房地产的吴总请我吃了好多美食！如汕头、惠州的蚝、鱿鱼，上海的老字号腌制螃蟹，还有来自澳洲的鲍鱼……真是太有口福了！谢谢倮倮茶友吴总的招待！吴总是大美食家呀。

再有在东莞时，倮倮茶仓阿信沏的茶王。只看裸茶，与昆明的茶王比，颜色很深，茶汤温和绵软润泽，汩汩细腻的甘露于舌根缓缓浸出，美妙的体验，美好的茶生活。

更有在珠海时，倮倮茶代理阿群带着去海边吃渔夫刚从海里捞上的各种海产，太鲜了！在顺德，峰哥请吃各种美味。在清远，倮倮茶代理阿梅领着去山上吃野味。在广州，倮倮茶友猴哥请吃鱼。这一切都让我回味好久。

### *December 25, 2014*

机会，总是留给有所准备的人。

敏捷、善良、勤奋、上进的年轻人总有好福气。

谢谢温州小赵赠予的青瓷杯，润泽滑亮，甚是喜欢，听说单价都在 1000 元左右，感恩。

小赵甚是谦虚，自称小赵，已经吃素五年。虽然他比我大两个多月，而我一直很高兴地希望人们称我“老张”，有点老气横秋。

小赵喝倮倮茶已经超过七年了，喝着喝着，他就自己弄了个院子。7 月份，装修前与我聊好温州的倮倮茶茶友由他服务，由于网络上聊得投机，我当时就欣然应允。但后来，我竟然将此事忘了。昨晚十点半，到茶仓交流茶事至凌晨，现在他在茶仓，我们合作手续也完成，继续喝 2005“铜像船图”茶王吧。过一会儿，他得启程飞温州事他的倮倮茶去了。

*December 26, 2014*

人的一生背负了太多沉重的包袱，要放下的太多太多！放下我们的虚荣心，停止去迎合和取悦别人，因为这是虚假造作的。只有当你放下伪装，摘下自己的面具时，你才能接受和拥抱真实，并在虚幻中找回自己！

倮倮「相惜」

# Meeting friends in nanjing

# 南京会友

九十七则

## *January 6, 2015*

昨天有个好消息，中国农业大学出版社的童云老师即可普，在QQ里告诉我，俺有五千多大洋的稿费即将到账，想来也有一些时间没领稿费了，难怪这两天眼皮跳呢。

所以今早趁心情舒畅，以去年易武乡某村最高山顶近七百年古茶树（日照足，茶树身旁无大树遮阳）早春茶庆祝。散料毛茶在昆明自然转化近一年，鸟语花香、山野之趣已经过茶汤向我传递。其实，小亲在洗茶时已将蜂蜜香轻泡出，嗅到烫杯后热杯中的馥郁甜美。

*January 14, 2015*

2009年无量版，我记不得有几年没尝了。

茶仓静好，氤氲茶香滋养几多焦灼之心。

人生无常，朝朝暮暮，唯茶不离不弃，总以包容、醇香待人。

茶在静默，静静地等待识茶懂茶的人，为君释放温婉、芳香，她希望可以共谱今生遇见之欢喜。

## *January 23, 2015*

现在，应该没有路人说茶仓是经营画框或花木的了吧。

小亲将 2013 年茶客私藏沏得香而柔。岁月仍然静好。经济独立、感情独立，可以享有的美好茶生活。我应该常怀一颗感恩之心，去对待生命中出现的人与事。纵然是来伤我的，我也得感谢，因为人家是来渡我，使我变得更完善。

*February 4, 2015*

午饭之前，喝一壶 2011 年刮风寨。香气、汤感、茶饼外形、颜色、泡后叶底、品后体感韵味，我都不想用文字描述此茶如何荡气回肠（与倮倮茶茶王有一小点类似），什么绵软不绝等形容词也不用了，总之，说多了又要馋到某些人了，反正茶也没有了。

遇见了，就是欢喜。

## *February 6, 2015*

已经很久没有喝 2001 年易武生茶了。

立春第二天，一壶十四年的易武老生茶与我对话，那份平和、绵软、内涵，美妙之感轻抚稍稍躁动的灵魂。温柔中的刚烈从每个毛孔里扩散，五脏六腑似乎被洗涤，一股缓缓地气流温暖并行走丹田（有点神了），浑身经络似已疏通。如此体感，空前绝后！以前喝此茶，感觉都没有今天强烈，或许是又经过无数次转化后的沉淀使然。

两杯入腹后，手心也出微汗。沉浸在美好的自我陶醉世界里。闭上眼睛，我分明在满是奇花异草的山坡上晒太阳；一会儿，我又躺在母亲暖暖的怀里睡觉；一会儿，我又在沙滩上赤脚漫步……

就是这样任性地品味着美好，我的人生，除了肩负的责任要承担外，其他，由我做主。

*February 17, 2015*

郊外的空气超好，湖边的空气也很湿润，虽然今早忙点公事，没赶得及洗脸。下午四时左右，我与侄女露露在阳光下兴致勃勃地拍照，完全忘记了这件不能提升形象的大事……现在翻照片，想起也没觉得有什么奇怪的，毕竟摩羯座人天生工作狂，真正为自己考虑的确实少。到最终，却发现自己属于孤独，据说这是命，改不了的。

另有柜子上的手绘牡丹花也再次提醒我以后别轻易做出决策。是的，这是牡丹花引发的思考。这香樟木柜上的牡丹花是我一个朋友所画，我看着喜爱便从她手上购得，其实她的油画这几年我也买了好多幅，点缀在茶仓墙上了。但后来却是“道不同，不相为谋”。

## *March 4, 2015*

又跑到碧鸡关艺术社区土豆工作室喝 2011 年“铜像磨秋”金贵。

这次起用如晟干妈嫒嫒所赠建陶壶。

金贵，仍是气质美如兰……

可惜 2011 年“铜像磨秋”金贵俺只有三饼，或是四饼了。

次日，早餐二小时后，又以上海倮茶 VIP 茶友“道心种魔”赠予的紫砂壶冲泡一壶 2014 年致纯真时代春茶，那汤一入口呀，蜜香中的甘蔗糖味 ( 略涩 ) 充盈着我思前想后的春季。

毕竟节前节后考虑的“大事”好像有些多，也没有闲暇好好亲近致纯真时代春茶。不曾想，才一年的致纯真时代茶对我那么恩赐，不免又感叹起当初正确的定位与选择。

那滋味儿也丰富，汤含香，后韵儿长，绵延到岷山山顶，绵延到滇池中心，我想醉了。

这纯真，也许从今起将陪伴我回味曾经的青春……在这浮华世界，不倾情于纯真，实在没理由。

## *March 13, 2015*

世界这么大，人潮人海中，你说我们要多有缘，才会认识，才会遇见。每个人都不是无故出现，总有原因，或助你，或伤你，但到头来，都是为了让你成长。我一直相信这句话：“无论你遇见谁，他都是你生命中该出现的人，绝非偶然，他一定会教会你一些什么。”所以我也相信：“无论我走到哪里，那都是我该去的地方，经历一些我该经历的事，遇见我该遇见的人。”因为每次遇见，都是欢喜。

话说回来，这是十余年来第一次。我一个人开车去易武，路上，风景仍然如画，忍不住靠边停车拍了几张。

眼睛花，头有些闷，用阿妹的歌《跳进来》提神。

离易武不远了。

到了，就开始喝茶了。2015年的春天毛料，一款又一款，一整天下来都是在喝茶，这是工作，也是我的生活。喝好茶，果然满足。果胶含量好多，含汤在口里，温暖。苦涩弱。喝舒服了，可以回房洗洗睡觉矣。

次日，又忍不住想去炒茶，专业术语叫“杀青”。手工炒茶比揉茶轻松点，只是因为灶下烧着柴禾，太热。我就不演练了，懂得就行，专业人做专业事。

想想这十来年，就迷失在易武茶的高雅韵致里。绵软的汤无声地为我传递山里的美好春季。爱就爱了，有关缘分与责任，只因为相互懂得。

记忆里，能收住我经常半途而废的性子的，能让我为之痴、为之投入身家性命的，就真只有这美女蛇茶蕴蓄的温柔陷阱了。

这几天很累，天气也越来越热。

告诉自己说没关系，一个人也可以的，毕竟很多时候都是一个人嘛。

日子总是不急不缓地继续着。

徒步到白沙河茶园里，在最大的茶树荫下休息。

心里膜拜，身上清凉。然后依着最大的树采了些鲜叶，回去自己制茶。

*March 22, 2015*

一个人回昆明的路上，在普洱住一晚，准备第二天再回昆明。入住酒店放下行李停好车，走在普洱市（原思茅市）的街上，晚风轻盈拂面，突然想起，此时若能在大街上攀枝花树下（如怒江州六库县公安局对面江边的那棵）支个茶摊子，沏壶2009年金贵，那将是一件多么浪漫的事啊！对，我的手上还得不时轻扇两下从姑苏城带回来的绢扇，眼神眉梢都含笑，穿古时长衫……想着想着，自己也觉得好笑。

如果说爱茶算是皈依的话，那么制茶一定就是修炼了，至于卖茶嘛，守住诚信的底线，怎么做都是功德。

## *April 7, 2015*

碧鸡关艺术社区土豆工作室，早晨。

山下的东北边是城市，南边是滇池，碧鸡关艺术社区土豆工作室在西山上山的坡上，倒是安静，远离了城市的车水马龙。

余华在《没有一条道路是重复的》中写道“父子之战”，大意为：作者小时候在父亲惩罚前装肚子疼，装的次数多了，每次在他父亲要发火前，他肚子就开始疼了。其实，他自己也分不清是真疼还是假疼，后来被当医生的父亲切除阑尾。我考虑的是，我若装柔弱，装久了真变得柔弱时，谁替我坚强？一壶 2009 年易武生茶已经喝了八开，到汤凉，再续。不过，只是有茶与书的日子确实享受。做简单的人过简单的生活，不忘初心，不忘真情。

*April 19, 2015*

一饼普洱已知春。

易武后方制作好2015“彝族抢婚”金贵、2015“彝族少女”如初见小样发上来，我品。虽然早知口感、香型、韵味，但还是抑制不住想再次亲近她的欲望。对了，前不久有茶友咨询如何撬茶，我也回复待我撬时配图讲述，不好意思拖到今天。露露烧好水了，缓缓地、笃定地冲泡出汤，能喝到，真心福气。吮自己的唇，甘甜。这全新如初见的小样，还没开始转化已让人着迷，那些温馨舒适的形容词也不想说了，总是让人陷进去出不来的，总是让人念想又欢喜的，纯真情怀。

## *April 20, 2015*

翻出十年前的照片，与今年的自拍照相比，似乎没啥变化。回首逝去的十年光阴，忙于茶事、家事，都没空光顾美容院，更别说做什么护理，就是偶尔买了面膜也经常忘记敷脸上，因为晚上把娃哄睡后，也没力气管脸蛋的事情，有时间也顶多喷点水，倒也省了不少买化妆品的银子。有时候，送娃上学赶时间，早上都没洗脸（当然牙是必须刷的），比如今天，有时候洗了脸，就着土豆的郁美净擦了了事。哎，想来，还是真得感谢普洱茶。相信我的下个十年仍然会容颜照人——又开始自恋了——毕竟这汤中的果胶及芳香类物质可以让我梦想成真。在这灼热的天，一壶 2001 年易武生茶喝得整个人昏昏欲睡的。

做个痴梦也好。

*April 26, 2015*

这两天心情沉重，尼泊尔地震，据说走的人超过两千。汪国真去世，他是曾经影响过我心灵的诗人。以为吃吃喝喝，满足味蕾需求，就真能忘记悲伤。但事实上，我真不想假装坚强了。其实我心里挺难受的，为什么活着会有那么多磨难煎熬。心里难受，就不想发挥厨艺，只做三个菜得了，儿子们一会儿就别挑剔了。

## *May 2, 2015*

在楼上库房里找那蛮砖老茶无果，继而想到去年那找了好几回也没找出的竹筒茶，情绪有些低落。楼上楼下跑了几个回合，又沏一壶撬开的 2006 年易武生茶。这种种琐碎的茶事让人闹心，几杯下肚后，人又欢乐了。

茶真的可以忘忧的。

May 4, 2015

试易武丁家寨野生茶，回甜也迅速的，水味重，尝尝得了。《追风筝的人》买了好久，一直没看完。一份报纸也是翻一下就不知放哪儿去了。热感还没好完，头仍沉重，晕，反应迟钝，世界仿佛从未有过青春热烈与活力激情。

门口的地铁才二三百米的距离，就修了四年。太阳仍然明晃晃地耀眼。而我，决定从今天开始做一个假装长不大的人，也假装深沉点、安静点，假装有点耐心，等待我心长出翅膀。哈哈，梦中的境地永在梦里，一杯茶里浓缩的是生活百味，人生起伏，回忆回味都可，别负我心便是最好。

## *May 9, 2015*

这个阳光灿烂的早晨，像古人那样拉拉衣服，捋捋头发，装得很严谨很专业的样子。烧水，备器，找阿贵。阿贵是金贵的乳名，很多倮倮茶友如此称呼金贵，亲昵之情，让我动容。 今早是今年第二回尝 4 月即出的阿贵小样，装模作样中其实认真的成分也不低。除了没一早沐浴换长衫、焚香、口里念念有词感恩祖先赐我神叶，神曲也没跟上。耳里有对面电焊铝合金发出的嗞嗞声，挺有节奏的。

水烧沸腾了，拎起待水温低点时，用手机给阿贵小样拍“裸照”。估摸着水温差不多了，开始心无杂念地沏茶。今早是真的心无杂念，什么想法都没。若要真有 ，那也只是在想我的土豆、如晟在哪里，我就在哪里。我亲爱的儿子在哪里，哪里就是天堂。唠远了，现在说小样金贵吧，在喝了两杯后，只能说之所以叫金贵，那是有原因的，正如易武茶山被列在古六大茶山之首一样。青春的活力宛如我唇上绽放的希望之花，只觉充满激情与期待，满满的幸福感溢满初夏的茶仓，就让这感觉流淌开来，去温暖很多孤单的心吧。

对了，基因好只是先天，后期能否成为理想中的那杯装满美好与期望的茶，还得依赖工艺及存储的环境。但是，有期望总是好的，尤其在漫长的人生路途上。心的一隅藏着这即将饱含内质的阿贵，等着阿贵慢慢转变，从初生张扬青春的朝气到沉稳内敛暗香浮动，过程美好而值得经历，开心冷静地等罢。

只再一周，2015“彝族抢婚”金贵即从原产地易武茶山到昆明茶仓，然后携带满满的茶香到全国各地倮友手中。想想感慨万千，不知不觉，金贵已出品七年。光阴，走慢点好么?

今天也是母亲节。祝福天下当母亲的人一定要健康开心。特别要感谢我老妈生我养我。送老妈一双凉鞋、一点车厘子，略表心意。土豆中午也深情款款地送我郁金香，被我插在茶仓了。 现在，我假装认真地说，如果他能画一幅画送我，我会更开心。于是，他果然上当说明天再画一幅画送我。哇！俺得逞了，想想还是幸福的。

*May 11, 2015*

生活里，有很多转瞬即逝，像在车站的告别，刚刚还相互拥抱，转眼已各自天涯。人生就是这样，说着说着就变了，听着听着就倦了，看着看着就厌了，跟着跟着就慢了，走着走着就散了，爱着爱着就淡了，想着想着就算了……时间消磨着情感和记忆，温柔的，凌厉的。倏忽间，风物换了；眨眼间，人也变了。

喝 2011 年“龙图”茶客私藏，听李健的歌有感。

## May 13, 2015

这个时候醒来，外面有野猫在喵喵几声后，天地又陷入寂静。凉爽，盖薄被，适合做深沉美梦，我却无法入睡，因为开始怀旧了。想起土豆出生几个月时，他胖得看不见脖子，给他洗脖子还很费劲。如今，他会听李健的歌，会炒一道菜，办过一次画展。他去过易武茶山六次，麻黑、刮风寨、丁家寨都走过，近距离瞻仰古树，品尝当地美食。他还去过象明乡蛮砖、倚邦，布朗乡老班章、贺开各一次，游走过上海世博会、乌镇、南京、扬州、苏州、丽江、大理、沧源等地，去过昭通无数次。除了没带他坐过火车、飞机外，自驾、地铁、公交、出租车、大巴车、轮船、快艇、小木船、徒步、帐篷、单车等各种，他都尝试过。

一眨眼间，他都七岁了，绘画、书法、英语都接触了点，会泡茶喝生茶，也会照顾弟弟。他是我身后的小尾巴，当然在这个年纪的娃娃里，他也算优秀的，有爱心，懂孝顺。也许，在每位母亲心里，自己的娃才是最可爱最聪明的吧。

喔喔，开始想吃一点清爽食物，可现在只能看看手机里的图片，再睡回笼觉吧。又想着今天金贵到昆明茶仓，兴奋。又想起中国农业大学出版社传来的好消息，又激动了，又想来一杯老生茶。

中午传来的好消息："大学悦读 阅读大学"2015中国高校出版社精品图书巡展将于5月13日拉开帷幕，活动持续到10月，拙作《遇见》有幸被该社推荐参加教育部组织的这一盛大活动。感恩。隆重谢谢《遇见》的责任编辑童云老师，是她的鞭策使此书终得出版，是她的鼓舞让我充满力量。遇见了便相知，即如读一本好书、喝一壶好茶。

（童云老师在她微信朋友圈里说，这应该算是老张的《遇见》被官方无偿大力推荐到教育部所属各高校的活动了。倮倮茶仓的新生粉丝会不断产生的，祝贺！）

*May 15, 2015*

一个人的晚茶：习惯性烧水，投茶，注水洗茶，烫杯，再注水，出汤，轻啜茶，闻空杯香。明明知道新生茶性寒，喝多伤及肠胃，但就是忍不住想感受这份苦后的甘甜与来自山野间的春意。再发发呆，想想这忙碌而充满变数的一生。幸好有个健康的人生观，至少没有虚度年华，至少找到自己的人生价值。遗憾的事、错过的人，都是插曲，主旋律在自己手中。有茶陪伴的日子里，遇见真实的自己。有些话与茶说，因为茶不会负我。我愿陪茶到老。茶友们，今夜，你陪茶了么？

回甘很久，久到我上电脑去看了下三醉斋倮倮茶仓淘茶铺、倮倮茶仓新浪博客、倮倮茶仓微信公众平台、QQ 空间，再走到泡台，仍感觉口中甘甜。此时公道杯里的茶汤已经冷了，喝了一口，凉凉的苦中有甜，薄荷甘甜清凉般的别有一番滋味。

## *May 16, 2015*

暖男二儿子如晟用飘逸杯给我冲药，并说要吃药才会好。一颗坚硬的心又化了，可我想喝茶。在约再来艺术馆找到一包散料泡起，狠狠地喝了三杯，身子才舒坦了些。结果，他说他也要喝，将杯子收到卫生间洗了又拿出来，自己倒了四杯，尔后一杯接一杯全部喝光了。他喝茶的样子好销魂。看来，今晚我的药是白吃了。而他，估计是要失眠了。

六姐说想二儿子如晟想得紧，来将他带走了。又一个人开始发呆，一切语言来形容我的孤独都是苍白的，经常因为看得太透而悲伤。我发现自己不知从什么时候开始，已经具备诗人的忧郁。夜色如潮水般向我涌来，而我因掌握着自由泳技艺所以不惧。只是觉得自己有时不过是自己人生的看客，一壶茶里有平静惬意，其实也有风云变幻。还是先喝上一杯吧，不胡思乱想了。

*May 18, 2015*

那么多年来，喝惯易武好茶，喝其他山头茶总是感觉欠缺的东西太多。其实蛮砖在古六大茶山中排名第二，茶质韵味实在不差，汤感汤色也靓，干净、纯粹。只是因为有了易武茶，因为有了倮倮易武茶，我的心再也容不下更多茶。弱水三千，只取一瓢饮之。今生就与倮倮茶不离不弃了，如此甚好。

## *May 22, 2015*

晒下茶友们与我的几只杯子，除了有两只是用来换倮倮茶的之外，其他杯子都盛满了茶情，这是满满的友谊。一看到它们，我就会想起这个是谁送我的，那个又是谁送我的，心情不好都不行。

创业至今，从来不曾放松过，再辛苦也是开心的，因为得到全国各地如此多的茶友认可，唯有继续努力，不忘当年创建倮倮茶仓时的初衷，以坚持只出好茶，诚信经营，不炒茶，推广彝家优秀品牌，传递彝族人的勇敢、坚强、团结、善良的品质为己任，毕竟活着，更多时候是一份责任。

May 23, 2015

出差南京。

倮倮茶友们若前往昆明茶仓品茶，找我助理小亲即可，一个温婉恬静的才女，倮倮茶仓第二届网络茶文征文大赛第一名。她的那篇《因为懂得所以慈悲》获得评委们好评，当然，她的人生观、品行，对茶的理解、感觉，更是让我有知己之感。今年 3 月，她放弃一家地产公司董事长秘书之职，来到我这小公司当助理，若不是深爱倮倮茶又如何能做到？有时候，因时间原因，导致一壶倮倮茶没泡到最后便要换另一款倮茶时，她是舍不得倒的，总觉得还没泡透就扔掉，太可惜了！

上天太厚待我。感恩，珍惜。

倮友阿英从机场直接带我去胡大酸辣鱼吃晚饭。这也是要排队的餐厅，菜品特色下回再讲。之后，我们又直接去她家里喝茶。我就像在自己家里一样，烧水，从紫砂罐里找到倮倮 2006 年三公斤生砖投入茶壶，等水烧开的时间段，又拍了几张她存的倮倮茶照片。当然，她存在办公室的倮倮茶就更多了。水开了，茶汤已出味儿。先喝几杯茶，再喝酒吧。

翌日，要喝 2005“铜像船图”茶王的心开始萌动。我打开一个罐子看，这是熟茶。又打开另一个罐子，这也不是。

你找什么？她问。

2005“铜像船图”茶王。要喝 2005“铜像船图”茶王。

好吧。

她走到里间，也就是昨晚我拍倮倮茶的房间，拿了一块 2005“铜像船图”茶王。

昨晚我怎么没看见，莫非放在柜子里了？不管了，我得行动了，于是开始享受这美妙的早茶时光。每一道程序都是我喜欢并熟悉的，投茶我也只按壶容量的五分之一(因为每把茶壶各有几百毫升的容量，我是分不清楚的)，再经沸水浸泡。由于砖茶制作的原因导致茶太紧，泡时若快进快出，那茶味第二泡也难出来，所以在洗茶后得浸泡约三十秒左右再出汤。壶大，透气性好，茶在壶里充分舒展，被高温沸水泡出滋味。吃上几杯，思绪万千。这储藏了十年光阴的茶，无声地为饮者提供人的身体需要的若干种元素，又激活人体内的快活因子，让人甚感幸福，并沉溺在一种美好的世界里，几乎忘记哀愁。这种种，也就是让茶客们痴迷的原因了。

*May 24, 2015*

在文新窨吴总处吃阿英的倮倮珍藏，吴总温柔沏茶，我们吃了后只觉茶汤馥郁芬芳，浓厚的蜜香持久。吴总说，这茶好耐泡。

人生何处不相逢。当阿英带我坐高铁到了宜兴县丁山镇时，来接我们的是 2010 年三醉斋十年昆明站茶会上一面之缘的张利锋。我一下就想起了——很多时候，我的记忆就是太好了——张利锋擅长画茶画，很多制壶人也请他在壶上画画。他的妻子是云南西双版纳人，喜玩茶。她泡茶，他深情注视她，边品茶——他们真是恩爱呢。

## *May 25, 2015*

南京鼓楼区广州路，在君临国际大厦二楼刚开业三天的丹枫雨露，听悠远的曲子，品一壶茶王后，邢姐请我吃丹枫雨露的招牌菜豆花鱼、南京特色菜盐水鸭等。南京人都知道丹枫雨露是南京的老牌子，邢姐多年前就已经是南京的风云人物了，倮倮普洱茶在南京的四个丹枫雨露会所里都能品到。

邢姐是倮倮茶在南京的经销商，喜喝倮倮生茶，特别爱茶王，为人处事风风火火、说做就做的风格我甚是欣赏。她是一个大气而具备魄力的人。丹枫雨露是邢姐会所的名字，在南京已有十六年历史，共有四处，最大的店面积一千多平方米。今天，我去的是这个月才开的新店，软装饰还没弄上。匆匆一聚，其实还不想离开，还想感受邢姐帮我夹豆花鱼，“太瘦，得多吃”，被呵护的感觉，真的很好。我不过是给点阳光就灿烂的人嘛。只是一来今早突然嗓子失声，二来也是太想念两个娃娃。这才多久，就如此挂念，当母亲的人都是这样么？所以，虽然舍不得南京，但还是要回了。

还有倮友阿英，陪伴两天两夜，说不完的话，早就在《遇见》里一直微笑，摄影技术很棒，写诗也厉害，工作起来节奏很快，谈话妙趣横生，很优秀很灵气的女子，开车也像个男子般。在丹枫雨露中饭后，她将我拖到爱情隧道，为我拍下几张靓影。又静静地把我送至机场……

再会吧。

## *May 28, 2015*

昆明，上午在碧鸡关艺术社区土豆工作室，将在丁山淘的茶器摆好了，各种碗暂时都放在这里。

倒腾了下，累了。多少年不发热感冒的人，这次感冒就是一个月，真是创我有生之年患感冒时间周期的历史新高。

想来想去，还是喝壶金贵再下山去茶仓。

碧鸡关山上的山泉水沏的金贵茶汤，二三杯下腹，妙极！一瞬间神清气爽。这是 2011 年“铜像磨秋”的金贵么？苦涩全无，留与我的全是甘甜及无穷的韵味。汤含兰香，似乎也有蜜香充盈唇齿及喉咙深处，不对，再喝第三开，应是从喉咙深处往口腔里缓缓涌上蜜香，又似糯米香，让我惊叹这尤物真心金贵。才四年的茶已经转化出两种或两种以上的香，高兴。才想起该吃药了，可喝茶是喝满足了，却不想吃药，也不想下山了……

下午在茶仓再品2015“彝家少女”如初见。前几天撬开的茶已没有了，现撬开一饼吧。只见露露以温柔姿态沏茶，公道杯里茶汤淡淡柠檬黄中有浅绿。灼热的下午，春城的气温已超过30℃。唯有在清静之地悠悠地吃茶，方能平复心的躁郁。今天品如初见，更清晰地感觉这来自山野的幽香、浓郁兰味荡漾于茶汤中，新生茶汤仍然有温润、滑腻。狠狠地去嗅热空杯，有兰香，冷杯是蜜甜香，而口腔余味持久性回甜。体感甚舒坦。色香味种种，足够征服各种挑剔的文艺茶客。当然，非得是有缘人，才懂得这如初见无与伦比的意蕴，然后身心倍感欢喜，叹今生有如初见陪伴，乃极美的事。外面偶有车辆呼啸而过，屋里茶香书味让人心情欢愉。

此生有茶、有情趣相投的各地茶友、有个家，夫复何求！

## *May 29, 2015*

与茶同睡一层的我凌晨五点醒来，睁开眼睛看见的就是我的小山丘一样俊秀的倮倮茶。是的，看着就高兴。忍不住用手机拍全景，这是我第一次用这个全景拍功能。与茶同睡一屋早已经习惯，甚感幸福与踏实，我是痴了，可我愿意。我的每一口呼吸都是倮倮茶香，伴着清晨特有的清凉。余生也没有多大的志向了，有倮倮茶陪伴，睡时，醒来，不用深深去闻，浓浓的茶香已让我醉。足矣。

今天，与土豆过六一儿童节，祝小朋友们节日快乐！当然也祝有童心的亲友们、茶友们节日快乐！让我们保持纯真，简单为人，心存美好。改变不了人，就改变自己。一会儿送土豆到学校，得用相机与他拍两张照片了，因为昨晚我带他买了一身新衣服，还有他爱吃的十多包海苔加饼干，他说要带去学校与同学们分享。在西山区沃尔玛一楼有家进口商品店，这可是让他快乐的一个地方呀！对于小朋友，只要有好吃的，会一下变得听话乖巧。当然我也爱吃，所以我与他经常去采购，今天要参加学校组织的活动，这些点点滴滴都是他成人后的美好记忆……此时还早，过二十分钟再叫醒他吧。

夜茶，2013 年茶客私藏。公道杯被如晟摔了，先用飘逸杯充当。只要想，总有办法的，不是么？

May 31, 2015

闷热的下午，陪土豆在王晶工作室习画。一壶2012年“龙图”茶客私藏喝得身热心欢。一位孃孃第一次喝到茶客私藏，竟然也说她感觉喉咙里好舒服，像含着橄榄。这不是我以前写茶客私藏的文字介绍里的话么？所以，我赶紧又给她的杯子里注茶，并好声好气地跟她说：您再闻闻空杯子。并示范与她。她学我摇摇杯，再闻，说：真的蜂蜜香！真是好。还拿起手机拍茶汤，说要发给她的一些朋友看看。甚是可爱。她也是陪孙女来学画，以前也是碰上过，只是见面笑一下而已，没说话，今天下午却因为茶而交谈不少。到她喝不动时，她说先前还瞌睡来着，现在神清气爽，喉咙里、口里一直很舒服。这时，土豆画完一幅，出来牛饮一杯，又被王老师喊进去了。梁老师减肥成功，一会儿指导下学生，一会儿来喝一碗。这样的下午也甚是满足。

又品今年茶客私藏，水烧沸腾后适当冷一下再冲泡，这茶汤颜色都不像今年的茶了。滋味比去年的茶客私藏刚上市时更佳，新生茶汤感也温润，含在嘴里仍如油般滑，甘甜依旧，回韵仍如咀嚼橄榄般的。

*June 2, 2015*

来自沈阳的茶友陈哥、唐姐夫妇在沈阳倮倮茶仓遇见倮倮茶后就喜欢上了。这回来云南游玩，昨天到安宁，今天专门到昆明来茶仓品茶。陈哥说，他把《遇见》几乎看完了，所以来云南一定要过来看看。部队出身的陈哥与唐姐性情爽朗豪迈，只见俩人坐在我对面喝着茶还“眉来眼去”的，只听男的说：领导，我跟你在一起把你显得没面子了。因为男的从形象上是配不上女的。又听到女的说：没事，我不会抛弃你的。我当时只觉得好羡慕呀。这夫妻俩明天去腾冲，祝福他俩玩得开心吧。

## *June 5, 2015*

泡 2014 年的刮风寨古树春茶。哎哟，才四五泡就出迷人汤色，还有浓浓的山野气息。粗犷的感觉，一言难尽。回甘速度直接霸气，适合口感重的茶客。

既然下雨了，总要刮风。2014 年的刮风寨喝起，方才撬茶时动用了常熟倮倮茶微友梅仙荷送的茶针。就不醒茶了，先喝一壶再说。

汤越来越浓酽，心渐趋平和。

严重失眠，因为昨夜今晨，一合作伙伴的亲人逝去，让我想起已逝的兄长及父亲。失去亲人的痛，我在小学五年级就已经历，所以各人都请珍重。也请相信，其实逝者的灵魂已经得到解脱，因为活着的其实比去者更悲伤。

*June 6, 2015*

终于将吃的（菌、巧克力），喝的（2009 年金贵、刮风寨），抽的（烟），书（《遇见》），洗漱用品及衣物收纳到箱子里。挎包里除了相机、平板电脑、手机外，本着吃开心喝开心爱生活爱自己的原则，俺又放入几颗巧克力以方便随时取出食用。待现在腰酸背痛地躺下时，土豆跑来对我说：妈妈，我在你包里放了三包饼干，你一天吃一包，三天后，你就回来。难道在他心里我离开昆明就吃不饱么？但又想，这娃也是关心我，心便欢喜起来。

*June 7, 2015*

与沈阳倮倮茶第一拨茶友一起吃东北菜，在座的有奥运举重冠军、辽宁省柔道教练、女足队员等。谢谢沈阳倮倮茶仓二王的盛情款待。此行还逛了小故宫，了解了一些当地文化。

*June 10, 2015*

在温州静尘茶坊。一壶如初见喝到淡。再泡一壶熟茶，有点喝不动了。在温州存放的2013年“铜鼓舞”倮倮熟茶比在昆明放的好喝，润、甜、滑糯。

和倮倮新老茶友黄先生、梁先生，还有2007年就喝上倮倮茶的陶菲克等一起喝2009年金贵。2007年开始喝倮倮茶的倮茶老友木朝晖，他家的倮茶多，也许比一个专卖店的还多还全。还有茶友京无语张仁。谢谢京无语送的东晋时期的瓯窖碗与《温州藏品》。喝2001年易武生茶，他说这款茶甘甜到心窝窝里去了。

温州真的下雨了。

谢谢国家特一级瓯菜大厨金怀哥的宴请。金怀哥还亲自制作诸多美味佳肴。俺非常中意第一道芙蓉蛋蒸鹅肝，还有那拌在芹菜里的小虾，真的好香！与大理洱海的虾有得一拼。也喜欢他做的蟹与蚌，还有鮸鱼、油条炒米饭（三种米）、十多年的红酒……总之，统统都喜欢了，不想回云南了，这可怎么办？想起一句话：要征服一个人，就得征服他的胃。对了，金怀哥也是倮倮茶友。

*June 11, 2015*

昨天下午，小赵夫妇领着我去了闻名天下的诗之岛江心屿。这是东晋末年刘宋初年山水诗鼻祖谢灵运流连之地。后古今诗人皆纷纷追随谢大诗人的足迹，来此感受灵性与诗意。如李白、杜甫、孟浩然、陆游、张又新、叶适、郭沫若、邢昉、黄淮、冒广生、徐定超、刘基、文天祥等。我呢，也用心地走了一回这充满诗情的岛屿，希望自己沾上仙气，更好走到哪美到哪。也摆了些姿势让小赵与我拍照，我也用相机为他俩拍了几张，这两口子真是一对璧人，天生一对。

*June 13, 2015*

晚饭炒了个小炒肉，自我感觉比石屏彝家人餐厅的好吃。好久没回这个家了，记得这个大木床还是很好睡的，买的时候，我也算满意，仍然记得那踏实安稳的酣睡；也记得床上这四件套已经八年，是该换掉了。恍惚间，我想我的痛苦与甜蜜就是记性有时太好，为什么很多事情都记得？神仙在不在？如果能让我失忆，就赐我这个能力吧。所谓女人心，海底针，就是这种状态么？可明明我是女汉子，怎会有这种小女人的心思？想不明白时就不想，正如有些暂时处理不了的事情得缓缓。以上是喝茶王时的胡思乱想。

*July 2, 2015*

原计划写点什么，可心乱如麻，头闷闷的。

我们相处最多的人其实是自己，可有多少人能正确认识自己呢?知道自身的优势与不足，我们才能不断修正自己。常常以诚恳、虚心的态度，听听身边朋友对自己的看法。如果我们能做到坦然面对自身的问题并积极去改进，人生一定会简单、灿烂。人问："世间为何多苦恼？"佛曰："只因不识自我。"

*July 4, 2015*

夜宿建水朱家花园。酣睡无梦,此刻醒来,听风扇声。喜欢这床,因为让我睡踏实安稳了;也喜欢这干净小小的与竹有关的房。只是卫生间的洗漱用品差些,这是花园管理失误了。儿子们似乎也睡得深沉,偶有低鼾声传来。天,何时亮?我要去拍片。心有挂念,还有很多事要做。时间不够用,若能一人分成几个人就好了。

*July 6, 2015*

人在勐海，也知今日云南纸媒中较具可读性报纸《云南信息报》A10版，刊登了由《南方都市报》《云南信息报》《南方周末》《21世纪经济报》主办的2015云南商界青年领袖评选中获得“2015云南商界青年领袖入围奖”消息，我入围。也不知结果如何，脸皮薄，我也不好意思转发到微信圈里拉票，其实无论什么结果，俺都是淡定的。

## *July 8, 2015*

我的素食信念在西双版纳被摧毁了！我现在重新决定：十天中九天素一天荤，阿弥陀佛，凡事得有个过程不是……不是我意志薄弱，实在是胃里抓狂了，原谅我，我是俗人。

*July 9, 2015*

二儿子如晟在自家茶树地里摘到茶果，高兴坏了，高呼：妈妈，我采到茶果果了！妈妈，我采到茶果果了！于是我包里装了好多茶果。地里的野生板栗树长得好高大好伟岸，菠萝蜜种子点完了，现在要下山了。

## *July 11, 2015*

又回昆明了。

童云老师一来，就催我的第三本书。自 2008 年与她在新浪博客相识相知以来，无形中她已是我的良师益友，虽然一年才相聚一次，但她对我的影响及鞭策，使我不敢怠慢，更不敢骄傲。生命中遇见她，好幸福，努力。

*July 30, 2015*

一人饮茶，得思。泡来试去，还是段泥仿古壶配生茶比较理想。有些事想不明白，留到以后。有些人心，自己无法与之生出交集，也别理会，看淡。喝茶，这是最好的安宁。

## *July 31, 2015*

没想到，昨天下午在滇池边随手摘的野菊花还是很耐看的，口缸是2005年在北京798淘得，底座是长春的茶友所赠，来自三个地方的物件构成一副“花卉图”。

喝纯真。不知为何，一喝这茶，我就想起我的纯真时代，那段青春与浪漫、吉他弹唱如《青春》《大约在冬季》《同桌的你》《彝族舞曲》《雨滴》《爱的罗曼史》《致爱丽丝》《梁祝》等有关，也与诗、油画、声乐、篮球等有关。再有个大男孩在一个雪夜抱着红棉木吉他，就着一盆柴火，对我弹着琴直到天亮……都说女人要没有过去才好，永远是一张白纸更好，可毕竟有些记忆藏在心底无法抹去，比如以上种种。

## *August 4, 2015*

好大的雨！夏雷阵阵。

可心还是喜悦的，倮倮今年如初见“彝家女”熟茶、“坛子酒”极品熟茶，今天从源头易武乡出发了。之所以才做好，真是慢工出细活，精制前的传统技术配合现代（今年工艺又有改进）渥堆技术（这是倮倮茶除原料外的另一个核心竞争力）致使倮倮茶无论生、熟在品质上都无与伦比。传承彝家优秀品牌、传播彝族优良个性特征，还有这份触动心灵的情怀；等了很久，漫长而甜蜜、浪漫而忧郁；被这魅惑人心的“美女蛇”征服。滚滚红尘中的男男女女，躁郁孤独的灵魂被抚慰，这是身与心对倮倮茶的痴念，如绿叶对根的情义。

*August 5, 2015*

等物流的电话，拾掇茶仓盆栽植物，老张累并快乐着。世上有一种期待与踏实叫 :“有茶，可以等。”

*August 6, 2015*

清晨，几颗提子，几片茶饼，一壶普洱，一本经书。师傅本叫我闲时诵读《心经》，本应谨遵嘱咐，先读《心经》，因手头正好有此《金刚经》，便在清淡进食后翻阅起来，果真如我所想，依我浅薄之人，如何能在此时读懂悟得？同时我也认为，凡人不可能完全潜心修行，必得边将自身职责履行，边抽时间诵经。试想，一个人若连自己的小孩、老人或工作都不管不闻或做不好，经书背诵得再流畅也是徒劳吧？诸位认为呢？我是传统了，确也做不到完全放下四大皆空呢。阿弥陀佛！

## *August 8, 2015*

清凉静默的夜，正是放空心思独自品茶的时候，一把用了十年专泡倮倮熟茶的壶被我用热水洗得发亮。对于一个怀旧的人来说，舍不得将这壶收到柜子里尘封起来，因为看到它，就想起创业之初的很多事情，也起到些警示作用。

还是谈茶吧。下午用盖碗泡此茶，出汤后也没等茶汤再温凉些就吃了（昆明沸点低，茶汤刚出几乎就能喝了），所以今晚用壶冲泡出汤后，我没有急不可待地饮茶。而是先欣赏美色，这如鲜血般深沉的汤色，让我傻傻分不清是陈年红酒还是倮倮熟茶，也在傻傻地想：花开花谢了，来年花期会如约再来；而人来人去后，明年、后年又能否再见？今夜，不禁又呆了，又想着最浪漫的事或许就是与我的茶一起慢慢变老……

走神了，再看此茶，虽然稠油还没出，但在等茶稍凉后吃，并含汤在口腔里感受，于是，仍然是滑顺中有厚的感受，还有果胶的腻歪……故意做点诸如洗茶巾、擦茶台的事，就会感觉吃此茶从喉咙往口里清凉的绵延甘甜。这甘甜的持久状态，是因为选择了易武茶区高树龄明前春茶。这种清凉感让人舒坦和温暖，在熟茶中可遇不可求，再放放，后期表现会更佳，糯、醇。另外，你能想到的新熟茶的那种恼火的渥堆味在倮倮新熟茶里几乎没有，你再深入些可了解到在昆明由于干燥导致很多人喝熟茶（尤其是免疫力低下的人）口腔里起泡而热重……这个烦人的问题在倮倮熟茶里也几乎没有，因为现代技术制作上的调整，尤其是今年，当然这个是倮倮茶除优质原料外的另一个核心竞争力，引用三毛的话讲："不说，不说，一说就错。"毕竟早已过了推广村寨的时候。倮倮极品熟自 2013 年推出第一款"铜像"熟茶，之后到今年已经出品三年，2013 年的茶已经没有了，2014 年的还有少量，刚推出时价格都没变什么，但品质随着时间流逝而逐年提升。想着倮倮茶客们的欢喜，我也是欢喜的。想起很多以前喝熟茶的茶友尝了倮倮熟茶后就爱上熟茶的事，我更是自豪。

## *August 11, 2015*

早点自己煮面吃，翻了下书，竟然又睡着了，不会是犯秋困了吧？不知怎的，最近爱上了睡觉，尤其喜爱那种呼呼大睡酣畅甜蜜的觉，再能做梦就更有意思了。醒来后，若记得梦里内容，还会查周公解梦，看看有什么预兆。今早倒也没梦，醒后想这也是回笼觉了，且已经吃过早点，可直接沏茶喝了，于是在等水烧开时，看广西茶友刘旭霞长长的茶文。很高兴看到倮倮茶带给她的愉悦心情。人的一生，若有好普洱茶相伴，便不再孤独。因为好普洱茶有一种元素，专业术语叫：多巴胺会刺激人体内的快乐因子，所以我们才依恋这神奇的一壶普洱。喝酒只会让人迷醉迷失糊涂痛苦，而喝茶则相反。当然，适量饮酒对身体也是好的。

*August 14, 2015*

一早，与土豆一起将二儿子如晟送到幼儿园，吃了早点，又到碧鸡关艺术社区土豆工作室，找出 2012 年的金贵泡起。在这空气清新的地方喝茶、听狗狗叫，听百鸟啾啾，发呆。

在碧鸡关适合养花、看画、喝茶、想点心事；似乎尘世间的一切都可以放下，都可以，就当不曾拥有过。可是，明明要当下，也要未来，更要活着。无论是一介布衣，还是政要商贾，闲暇时多喝茶吧。这一壶普洱可包容我们所有的委屈与悲伤，更能让我们忘却烦恼。欢乐时也吃茶去，因为茶汤更能让我们身心健康愉悦。活着，别光想着对人好，也请对自己好些。

## *August 15, 2015*

此时，一壶 2005“铜像船图”茶王滋味正醇。

纵然天空阴霾，但茶仓门口的花开得好，心情也好，尤其收到这个订了好久才收到的粉色包包。这种颜色是第一次挑战，意味着我今后要回到姑娘状态了么？好轻松的感觉。该来的会来，该走的会走，冥冥中总有一双手在安排。真正的安稳来自自己内心的强大。对了，还有那些黑色的包包就暂时失宠吧。原来物与人一样，像看不完的美景，难怪当今社会“忠诚”二字确实很难。所谓挚爱已是当时故事，一把十年的壶沏一款十年的倮倮茶王。再次感叹岁月悠悠，往事不可追，没有谁能陪谁到最后。唯这一壶普洱，能让自己遇见真实的自己，也能深刻地清楚自己所思所求。感谢天赐尤物，一定善待自己与普洱。

另外，偶在茶汤中喝出水味，有一种原因是：茶的浸出物当时没溶入水。但这不代表这茶品质不好，只是这茶随时处于转化期，有时候会出现茶浸出物不融于水的现象，过几天再喝，这情况又会消失。

*August 17, 2015*

一下午都是晕的。大脑里好像装了很多东西。坐在电脑前，想写一点什么文字下来，又觉得千头万绪如乱麻理不清。于是，干脆调整了几张如初见熟茶的照片，又发现极品熟茶还没拍，可是天阴已拍不了。于是又决定栽花三株于门口花坛里，又担心被人顺了去，因为已经不见了好几盆。不过，人家喜欢，我相信那人也会善待它们。如此一想，也就不怨这些偷花大盗了。又看缸中鱼自顾自地游来游去，不知它开心吗。又烧水泡老蛮砖喝到淡，也是什么也没想，头还闷闷的。林语堂说，享受悠闲很容易。不知，我这不太清楚的日子可算？

## *August 19, 2015*

攀带来她存在重庆的 2001 年易武生茶，确实比放在昆明的温润些。虽然用盖碗泡，但口感真心好。接到物流电话，原来倮倮如初见熟茶全部到了，只是前不久换了家物流。现在这家物流的司机去年送过，一年没来，他就忘记 B3 栋在哪里了。等我出来找到时，只见车不见人。哈哈。我又打他电话呼他来。此刻，他正在倒车。一车倮倮如初见熟茶马上入库，好开心的啦。

## August 20, 2015

能拴牢一个女人的，不是金钱，也未必是爱情，而是呵护。享受某个人的照顾，的确是会上瘾的。因为人性的需求本质上是一样的：我们孤单地来到这个世界，都是为了找到一个人，能把自己当成小孩一样呵护爱惜。爱你的人不管你怎样独立，在他心里还是把你当孩子一样关心你，照顾你。而不爱你的人只会觉得你是女汉子，无所不能，根本不需要照顾！

七夕之夜，一壶2014“赛装节”的茶客私藏。洗茶一遍后，二三开汤混在一起喝。一年多的易武古树茶苦涩味已弱，但香在汤里，也有蜜甜香挂在空杯里；苦涩出得少，是水的沸点不够所致，但香能散发出来，也真是喜欢。汤入口的滋味同样丰富，也有温润、略滑腻之感。吮吸上下唇，香甜。喉咙里往口腔反馈着舒爽甘甜。有一种温暖的热叫茶气，有一种轻松愉快的体验叫喝茶后的回韵……真是有茶的日子天天过节！

## *August 21, 2015*

阿妙带来她玩的一颗保山南红，做戒面很不错，可惜被人抢先拥有了，只是给我看看。她看到公道杯里的茶汤，说要尝。我才沏出三开，喝了两杯，阳光突然照了进来，那么美艳的汤！我们一下子都醉了。一款让人想念的茶，熟茶，新熟茶，如初见。这是被普洱茶浸淫十年后仍有的感觉。不由分说，心已被召唤。喝茶到骨子里，除了喝茶，什么也不想做，真想除了茶事，都没其他事。

## *August 22, 2015*

晚茶。是今年6月离开温州时，静尘茶坊赵成华、叶慧芬夫妇给我带回早些年他们还是倮倮茶友时存在温州的倮倮2005“铜像船图”茶王，那时还用的牛皮纸包装（后来发现，虽然牛皮纸透气，但纸厚不太利于茶的转化，于是三年前换为棉纸重新包过，外面又加了牛皮纸盒）。因为在温州喝此茶时，汤较之昆明存放的更温润、陈香，特醇和，所以，猜到我心思的人即在我离开时装了一公斤，与我带回昆明。

今晚，我在昆明第一次撬开这温州仓的2005“铜像船图”茶王，与朋友们一起喝。也仅是用价格六十元的瓷盖碗泡，这征服了无数茶客心的茶汤，我就不多说了，就只说喝了后那迷人的香吧！也仅是五元一个的瓷杯子。瓷杯不吸香，可以完全地闻到挂杯茶香。喝了两杯后，丽说：香浓持久。我说：深深嗅，太多蜜糖香，醉了么？醉了，得配上一支云烟。但丽还在说：茶汤很醇厚……

莫名地开心起来。这是让人不由自主的愉悦。氤氲的茶香似乎弥漫在我们身边，纵使在此凉夜，也感温暖。

## *August 27, 2015*

做人不要解释，是智者的选择。人生在世，我们常常产生想解释点什么的想法。然而，一旦解释起来，却发现任何解释都是那样的苍白无力，甚至还会越抹越黑。山不解释自己的高度，并不影响它耸立云端；海不解释自己的深度，并不影响它容纳百川；地不解释自己的厚度，但没有谁能取代它承载万物的地位。别高估自己，你没那么多观众，别那么累。不要随意发脾气，谁都不欠你的。现在很痛苦，等过阵子回头看看，会发现其实那都不算事。我们常常抱怨生活对我们不公平，生活根本不知道我们是谁。不要去讨论谁的修行好与不好，修行在个人。别人是你的一面镜子，反射自己的不足之处，在不足中修炼自己。

*August 30, 2015*

虽说人生如梦亦如幻，但努力过好每一天，尽量与美好亲近，尽量忘记一些恼人的事，喝茶看书陪爱子，其实，也很幸福了。只要在该奋斗的时候，没有虚度年华，结果如何暂不论，至少回忆时也没太多遗憾也就可以了。周日下午，在王晶与梁皓的工作室陪土豆习画，闲时泡 2005“铜像船图”茶王喝。这茶王实在太香，王晶与梁皓的工作室内空气中都飘着甜蜜呀！王老师在里间指导着土豆画画。喝了两杯后，我闻闻空杯，浓郁的蜜甜香得好过瘾！可惜是我一人独享。不过一人品茶得思，我还是喜欢在人少的气氛中与茶对话，因为我的心思茶最懂。

## *September 2, 2015*

昆明，待在约再来艺术中心。

又是一壶温州仓茶王。又像狗狗那样使劲地闻热空杯，惊喜地闻到红糖味的甜蜜香！这是喝 2005“铜像船图”茶王那么多年来闻出的香，是继之前的梅子香、蜂蜜香、蜜糖香外的另一种享受。当狠狠地嗅出这个味道（如深呼吸），然后又闭上眼睛缓缓放松（如轻松地吐气）时，一种妙不可言的体验，比起静静地打坐进入无我的那种状态来，我当然更喜欢在深夜饮这壶茶，沉迷在此甜蜜香里。这是我的茶趣生活。不知今夜，有几位茶友喝倮倮茶了？

## *September 4, 2015*

这一年忙忙碌碌，娃娃、茶事、心情……都没静下来好好看书，甚是惭愧，但手头上的这本书，这个月无论如何是要看完并理解至少一半内容的。时间总是挤得出来的，只要少出去娱乐就行。这不，趁娃娃们看动画片的时候，我也可看上几页书。事实上，那么多年来，我单独去娱乐的时间还真少。记得一些茶友曾经问我：你两个娃，还出书，你的时间怎么安排的？我想说，这都是积累起来的，也是珍惜光阴得来的。

想起 2007 年怀着土豆强迫自己看会计的书，在茶仓二楼有张书桌，那么枯燥的内容自然不如看小说有趣，于是记不得的就用笔写在纸上，多写几次也就记得了——虽然公司的账目及税都有专业的人在打理，但自己也要懂得。2011 年怀二儿子如晟的时候，与童云女士共同创作《一壶普洱》，有时候坐在电脑前久了，恐娃在肚子里缺氧，就站着用鼠标；2013 年，如晟一岁时，又谋划出《遇见》，当时老母亲与我在一起，又是素食者，请的保姆换了无数个，说起请阿姨加保姆也是满满的泪，在昆明的家政公司找的人，煮饭就煮饭，不带娃的。

之前请一个煮饭的也算可以，楚雄彝族人，做的菜还勉强，娃我们自己带，但后来她家里有事就走了。母亲与我生活后，我又同时请了两个，都住家。好笑的是，禄劝那个年纪才三十来岁的阿姨，带娃还不管洗澡不带着睡；出去吃火锅，她也没安全意识，娃的手都快被烫到，她也没看见。做饭的那个保姆更奇葩，听我妈说：她在客厅看电视，我妈想与她一起看并聊天，她就跑回房间开另一个电视看，而且做的菜真不咋的，教她做菜也还是做不好。于是又换。一个昆明市财政食堂退休的大姐做的菜倒不错，可她又不住家，一家人的早点也没办法做。总之，换来换去，都没让我满意并放心的。于是，我干脆将我老妈与老二都带到茶仓，买个小电饭煲与她煮各种粥，她的午饭就解决了。早上，娃他爸送老大上学，下午接，不用我管。所以，白天等二娃睡着了，我就可以上电脑操作一会儿，有时在他睡前也可操作的，比如背着他冲奶粉，让他拿着奶瓶吃时，我也可以上电脑。回家后，我自己做晚饭，通常是先与母亲做素菜，再做我们的荤菜。其实想想也并不是我体质多好，而是一种毅力与责任在支撑着。

总之，说了那么多，无非想表达一个意思：只要有心，很多事都可以做的。只要行动，都不晚。包括学东西，活到老学到老，不管在什么阶段，永远要谦虚，也是一种人生态度。刚上班及后来创业的时候恶补了一些营销方面的书，现在已经觉得不够用，毕竟学无止境。还有这些年，我最遗憾的是，没将英语补起来。记得那位杰森老师当时还很看好我，他的英语笔记还拿与我，希望我学好。笔记本至今还放在我办公桌的抽屉里，而我却没好好地去看。

现在又陪土豆在王晶老师处画画，喝着茶，浮想联翩。既然当上家长也是要负责的。土豆又获奖了，一幅《荷韵》在中国人生科学学会教育发展专业委员会、北京二十一世纪育师教育科学研究院、人民艺术家协会、青少年艺术培训中心联合举办的“全国青少年儿童书画作品征集交流活动”中获得铜奖（之后，2016年《回家》、2017年《五只螃蟹》都分别获得金奖），那些奖状与画册还没寄来。可见，凡事就怕碰上认真与坚持。

写这些，自己看看也好，会提醒自己，无论在什么样的地方与位置，都不要忘记自己的责任，也不要虚度时光。不游戏人生，否则，将来的结局也不会好。

## *September 6, 2015*

昆明北郊场某部队的刘老师、云南农业大学的邓老师今年是第二次来茶仓，都说确实喝了倮倮茶，其他茶就不想喝了。作为职场女性，在工作、孩子、家庭外，还能抽出时间来品茶谈茶享受普洱慢生活，真的很不错，关键还能找到伙伴一路同行吃茶，这是一件多么幸福的事啊！说真的，我很羡慕她俩。祝她俩的友谊长存，祝愿她俩每次在一起都是欢喜宛如初见时。这一会儿，2005“铜像船图”茶王、2012年“龙图”茶客私藏都喝了，又说了些每个人泡出来都略有区别的看法，茶王一块小砖撬开很快就被喝完了之类的话。对了，我们三个女人好像都在抢着说话。因为聊得开心，都想表达自己的想法，又喝如初见生茶，然后又是一款熟茶。

黑龙江的腾大哥与他同事一起来茶仓，取在国外工作的茶友刘兄存在茶仓的倮倮熟茶，顺便喝 2013 年“铜鼓舞”熟茶，喝着喝着，他也弄了点，寄回老家给他兄长喝。他说：刘总喝的茶肯定好，我喝着也好。我说：确实对身体好的，喝上了就丢不掉了。

又来了两位帅哥，还是早上与邓老师、刘老师喝的 2013 年“铜鼓舞”倮倮熟茶。这是怎么了？因为下雨都来茶仓么？《云南信息报》的小苏与徐大师，一坐下喝起，徐大师就“抱怨”说他的口感被我带刁了，现在只喝易武了。

徐大师是倮倮茶仓店内最早的视觉设计师。

## *September 7, 2015*

闹钟六点准时叫醒梦中在捞鱼的我，外面有雨声，偶有汽车呼啸而过。是的，新的一天又开始了，看朋友圈里有人在旅行，有人在冒险，有人在杯盏交错，有人听曲儿，有人晒幸福，有人喊寂寞，有人传播正能量，有人讲全民直销，也有人在无病呻吟（这病我偶尔也犯的），有人在回忆过去，也有人充满希望憧憬着美好未来，还有微信上的各种买卖……好热闹的一幅景象。我理理头绪，想想昨晚的梦，有些奇怪，但整个梦的过程已经记不全，只记得几个片段。比如我与东莞的一位六年不见的茶友见面了，但彼此不说话，只静静相对品茶，记得他最喜欢 2003 年老黄片，虽然 2005“铜像船图”茶王、三公斤大砖、2006 年茶等，他的仓里都有。然后镜头又跳了，我在爬山，山上溪里有鱼，我去捞来装在裤兜里，然后，一个老同事冲我喊：你怎么把大鱼放跑了？尽抓小鱼。现在清醒了，我想，等我一会儿送土豆上学后，就与我这老同事发微信，告诉他，抓鱼是我童年众多乐趣中我较为喜欢的玩法，当年那乐趣在鱼被手拿着、捧着的那一刻，感受鱼在挣扎的力度……只是依我现在的心境，我是不忍心抓鱼了的。这心思，有本叫《水知道答案》的书里有。现在土豆被喊醒，迷迷糊糊地在挤牙膏，作业之多使他回来都没时间玩耍，睡眠也不够。我记得我的小学生涯是多么的欢乐呀！

虽然昆明下雨又堵车，但一路有狗、映山红和李健干净的歌声相伴，心情总是好好的，更希望一整天都有不错的心境。在茶事中修行，也许就是要好好说话，收敛个性，磨砺狂躁。对了，一会儿喝哪款茶呢？

因身体不适，现在喝酸酸甜甜、情同初恋的八年芽苞了。在普洱茶最疯狂的 2007 年上半年，这芽苞在《普洱江湖》杂志上某茶业公司标价 1800 元一饼。

这时候又喝如初见熟茶，不同的泡茶师泡出的味区别太大。像不同的厨师，虽然食材一样、烹饪方法一样，但因各自掌握的火候不同，所以各自做出菜的味道也有差异。要泡好一款好茶不容易，除掌握一定技术外，还要用心尝试，放松，全神贯注，得性情温和，心里眼里只有茶方可。

## *September 8, 2015*

雨越来越大，打在树上、车上、茶城隔墙旁似乎奄奄一息的昆明皮鞋厂屋顶的铁皮上的嘀嗒声，前方钉铝合金的锤打声，还有电焊声，偶尔汽车、电单车呼啸而过的声音，合奏成一首喧哗而略带诗意的秋曲。

这时候，我选择撬开二饼生茶。

因为喝完一壶茶，看了份报纸，这不动脑只动手的事做起来，小乐趣也是满满的。

当我将茶针插入这茶的饼侧，再轻轻往上抬时，原本紧紧凝聚在一起的茶叶即刻分离，还伴着嗞嗞声，拿起一小块凑近鼻子闻，悦心的香。这分明在告诉撬茶人，这茶已经过时光的雕琢，可以向爱茶爱生活爱自己的人释放其醇香了！

是的，这壶温暖的茶温暖了这个凉薄的秋，浓浓的甘甜蜜意滋养温暖着我的心，因为一壶普洱，心纳万物。因为这壶普洱，一切也似乎都变得单纯起来，悠悠地觉得，现在不论看谁，都是美美的。

门口的飘香花已栽种成活，并从夏开到秋。淡淡的清新红，甜美脱俗，爱花的人与花浇水，静静看花，后来走进茶仓又发呆了。

在一千多公里外的北京，有位茶友可普爱倮倮茶爱到骨髓。浓浓的茶缘将我俩拉得很近。当一个女人能欣赏另一个女人的时候，这份真心彼此都懂，这与通常女人间的嫉妒无关，只有相惜。今天下午，就在方才，我俩在微信上烂漫地约好和倮倮茶一起慢慢变老！

*September 9, 2015*

撬开2005年“干栏式建筑”小熟砖，会发现茶梗多，这是倮倮茶早期的第四款熟茶，当时出品此款，只想着提供给初学喝普洱茶的饮者一款入门级熟茶，所以选择的原料就比其他款粗糙些。但凡易武茶区的毛料，只要不是台地，纵使粗糙无卖相，但经传统与现代工艺制好，再在昆明仓库自然存放，品质仍是优秀，相当的物超所值。

若有闲时，可将茶梗拣出，在天凉时煮上一壶，只感受这温顺、甘甜、滑而不腻的美汤。若有三两好友或家人一起吃此茶，更享温情。煮了两回，刚吃了四杯，画家洪浩昌带着两位台湾朋友来了。

想来想去，我还是晒一下，前段时间不好意思转帖到朋友圈请亲友们茶友们帮忙投票，但这样任其自然终究获得入围奖，也是种鼓励。纵使今天没有好好拾掇稍稍有损俺的美丽形象，但还是忍不住与各位亲们分享下，毕竟入围奖也是奖嘛，于是将获得的由《南方都市报》《南方周末》《云南信息报》主办的“云南商界优秀青年入围”奖牌在圈子里晒了出来，获得点赞无数。

## *September 10, 2015*

天晴了，万物生长靠太阳。这不，移栽的纤瘦的向日葵居然也快开花了。我呢，准备放开来喝茶了，因为我的药突然找不到了。我只记得我收起来了的，至于放置在什么地方，我是真的记不得了，也许哪天不小心又翻出，到时候再接着吃吧。

一壶 2001 年易武生茶喝起。对了，这个民国的小杯杯配 2001 年易武生茶也还勉强了。

这时，后方传来消息，说明后天，倮倮 2015 年“跳虎节”熟茶就可以压制了，因为易武乡也放晴了。是的，倮倮茶的成品都是在晴天压制，不会因为赶时间而忘记原则。其实，我，以及一些茶友都等不及了，可是凡事欲速则不达，耐心是茶人们必须具备的品质，否则，效果势必其反。

就像我们等一饼茶变老，真要经斗转星移，经时间洗礼氧化后才将真正迷人的醇香呈现。如果人为地将新生茶做成老生茶，起初喝着无一丝苦涩，还有陈香味，但无后韵，放上二十年也不会转化，这茶就没前途了，更谈不上博什么好名声的。

话说这老茶喝着喝着，只想睡懒觉了……

二娃如晟来了。这2001年易武生茶好喝，他喝了两杯后，就跑到电脑前看动画片。我又被美美的茶汤迷住了。当然味道也好，只是，什么事也不想做了。

对了，这里友情提醒，刚刚学喝茶的朋友们要有心理准备，因为一旦喝上茶，感受到普洱茶的无穷魅力后，你会变得越来越快乐，越来越健康。尝到好茶，你会控制不住入手，然后，你会发现你被普洱茶浸淫得心思单纯，你会非常享受老天为你安排的所有遇见，无论是欢喜还是悲伤，你都会坦然面对。更主要的是，你会太贪图这一杯美汤，一坐下就是一个上午或者一整天。是的，只有在坐下来喝茶后，才发现时间过得太快了，忘记什么叫“度日如年”“心急如焚”，还有什么“你永远不懂我伤悲”之类觉得没有知音的遗憾。

还要注意恋上普洱茶尤其迷上倮倮普洱茶另一个更重要的后果：那就是会变懒，懒到只想喝茶，喝倮倮茶。

其他，都是浮云。

*September 13, 2015*

这时候突然想说话却找不到可以说话的人，哪怕是吵吵架也好，可是就连吵架的人也没有，满腹心事又只有与我的茶诉说了。古话云生于忧患，看来我真要长命百岁呢。想到此，这茶王又喝得欢乐了。都说只有快乐与健康最重要，这话可是要在先承担自己的责任后才考虑？窗外的蝈蝈唱歌不累么？不知它们几时休息，更不知它们可有指挥官。

## *September 15, 2015*

刚回到茶仓。送二儿子如晟上幼儿园，把俺累坏了。他的学校门口有粥有面条，一开始，他喝粥吃烤肠，后来他又说要吃面。我一看时间已经迟到了，就说肚子装不下了不能吃了，关键是迟到了，他才罢了。

可是教室在四楼，他说他腿软要我抱，待把他抱起，他又说他不上学了，他长大了。我说小孩就是要上学，大人就是要上班。他又说他长大了他要上班。他那么重！比一件茶重。当我将他抱到四楼的时候，我感觉我都有点喘不过气来了，他又抓紧我不下地来，急中生智，我断断续续、气若游丝般地告诉他：你下来，我包里有糖。

苍天，这招管用了！如释重负，幸好我包包里真的有包 QQ 糖！

妈妈再见！他向我鞠躬。

宝贝下午见！我飞快地下楼，忘记“大姨妈”来了。肚子一路疼到茶仓。先烧水泡茶，一杯杯暖暖的茶喝下腹，稍微平缓了下毛焦[②]的情绪。又有茶友一早与朋友一起品 2005“铜像船图”茶王，看他们喝得开心，我的心情又美滋滋了。

只是，哎，下辈子，如果可以选择，真不当女人了。

对了，这壶茶还是昨天下午泡的 2013 年熟茶。尾泡特别好喝，热茶、冷汤都好喝。

老妈今年第一次到茶仓，运气好，我刚撬开第二块 2005“铜像船图”茶王，并烧了水，将茶投入壶呢。

好久没泡 2005“铜像船图”茶王给母亲喝了，她说泡重了。

她看着我，欲语又止的样子。

我很愧疚，这近半年都没身体力行地照顾她。

她说要回老家，我说先出去走走吧，一会儿再说。

有人开车，我就坐在后排写微信。

注释②毛焦：
云南方言，毛躁之意。

想到一些茶友虽然喜欢2005“铜像船图”茶王，但因为撬开困难或撬得太碎而影响品茶乐趣，听说一些茶友甚至用上了斧子、锤子、砍刀……所以今天在撬茶王时，用手机专门拍了几张照片，相信茶友们看看照片，也大概清楚如何撬2005“铜像船图”茶王了。

把茶砖竖起，左手扶着，右手拿茶针如此这般插入砖体，再往上抬，2005“铜像船图”茶王就这样被分解了，到最后就是薄薄的一片……这种成就感也有的。碎茶也别丢，可与成块的茶一起泡，这样出味更快，毕竟这砖被压得太紧，出味慢。一些急性子茶友等不得三开后才喝到茶王味，用这样的方法，就把这问题解决了。

到家里，老妈等不及了，喊我烧水。水开了，我将随手泡放在茶几上，待又写微信发了再去泡茶，结果却听见有砰砰声音，抬头一看，却见妈妈自己泡起2005“铜像船图”茶王来。我又放她以前爱看的《巾帼大将军》，人家一边喝茶一边看碟子，悠闲自在得很。

## *September 16, 2015*

这看上去乱乱的吊兰总算活过来了，不容易，毕竟至少两个月没来给它们浇水。当看到它们全是枯黄的叶子耷拉着的时候，有人说：它们不可能活过来了。而我不信，打来水向盆里开裂的土倒去，因为我的直觉告诉我它们不会死。果真，五盆普通的吊兰又重生了！记得十年前，我妈躺在病床上，很多人都说她不行了，医院也将病危通知书给我。可我不信！所以，很多时候，很多事情都是有希望的，只是我们自己放弃。任何生命都是宝贵的，生命也只有一次，因此我们都珍惜吧。

## *September 18, 2015*

那么多年了，这把壶从来没用来泡过金贵，因为一直让它伺候2005“铜像船图”茶王与2001年易武生茶。

就在一二十分钟前吧，耳边传来警报长鸣声，朋友圈里也有朋友们在发大意为“不忘国耻……”才能珍惜现在的信息。

我今天喝茶，也是想洗去那深入国人肠胃里的耻辱，化作营养，化作力量；洗去那些悲伤的事情，因此有时躲在一壶茶里，独自享乐是不二的选择。当然，我也一直属于珍惜光阴的那类人，虽然喝茶的人最后大多会变得淡泊宁静并斗志大减，但心里满足精神上得到抚慰也好似够了。对了，茶仓门口另一株瘦瘦的向日葵也开花了。

我也只想在有生之年好好生活，好好做自己该做的事，尽量对与我有交集的人好，蹉跎岁月也罢，实现人生价值也罢，能平安健康就是最好。若能抽空泡上这壶茶，独自享受就更是幸福了。

在这略冷清、偶有小雨、偶有微弱阳光的上午，我都懒得去撬开整饼的2014年“欢度火把节”金贵生茶了，抓了点醒茶缸里的碎茶，以这把跟了我十年的老仿古壶泡起，一时间只觉春天的气息在口腔里漫延，具有百花香的甘甜，以兰花香味最为明显，后韵好，我这小身板顿时活力无限。于是整个人不再神经兮兮幽幽怨怨，感觉精神一下子抖擞了起来。

## *September 21, 2015*

应嗜茶者们的要求，又尝了 2015 年“彝家少女”如初见生茶，朋友圈晒茶汤照片。口感干净清爽、甜、耐泡，饮后身心愉悦。无论外面如何喧嚣、如何风雨阳光，有时候真的认为有茶足矣，因为心静如水。这让人懒散的有茶日子太消磨时间了。这一上午，除了送一个娃上学,其他什么事也没做。当然,也翻看俺的自恋照。也许人这一生，大多时间真的是用来平淡过的，只是我这日子稍稍清闲些罢了。我在想，我是不是该去碧鸡关艺术社区土豆工作室晃一下了，毕竟好久没去了，也不知前不久栽的雏菊、牡丹开了没。

## *September 24, 2015*

妈妈泡好2005“铜像船图”茶王，给我倒了一杯，说：“快喝吧，待会儿凉了。”

我一口干了，只觉这蜜甜香更浓郁了。

年少时，母亲在哪里，家就在哪里。

现在，仍然如此。

## *September 29, 2015*

茶友们早安！好久没有清静地看书了，有些书买来了就放着，想等有时间再看。我喜欢书，读书是为了明理，也是精神食粮。我需要读书，因为“书到用时方恨少”，“书中自有颜如玉”，因为不读书，我就没有未来。可我的时间总被琐事占了，但娃娃的事、老人的事都是重要的事，耽搁不得。喝茶的事也没误，唯一遗憾的就是近年来看的书少了。呜呜呜，谁授我一天只睡三个小时仍能精神状态良好的秘诀?

八点半准时到茶仓。停车技术越来越好。花坛里的植物长得也好。那嫩嫩的叶芽可以掐来煮汤与炒菜。烧水沏今年早断货的“彝族抢婚”金贵。两杯下去，神清气爽，心旷神怡，这甘甜这花果香最是勾人。坐着喝茶，其他事就不想动了，各种事都成了闲事，好像喝茶才是最最重要的。

*October 3, 2015*

到茶仓收到包裹，不知谁发的，短信上只提示“中秋节快乐”，不想拆。看到微信圈里沈阳王仁乾在喝 2005 年大熟砖，刺激着我了！从罐里抓了点泡起。十年的熟茶，氤氲的陈香，绵软的滑，糯糯的，油一样一下从嘴里滑入腹部。带两个娃的毛躁情绪一下飞到西山上去了，心瞬间安详宁静。另外，此款早已断货，部分代理商处或许有几块，估计也是舍不得卖了，茶友们真的就只能想想了。不过，如果来到茶仓，还是可以尝上一泡的，所以也别太失落了。

## *October 6, 2015*

勤快的二儿子如晟给各种植物浇水，衣服弄湿了，换了土豆哥哥的衣服后又撬茶，还要教玲玲姐姐撬。

我与丽喝 2003 年老黄片，当然也不忘自拍了。丽说好喝又耐泡，又说我很适合化妆，建议我把自己收拾得女人味些，别整天休闲服。想来也是，前不久说了要去买旗袍的，但也只是说说，没有实施，这几年确实好像把自己忘记了。当茶事、家事已经让人很充实的时候，有人认为这是幸福，有人认为这是牵绊，有人却认为这是责任。于我是幸福，也是责任。

人生如茶，一壶茶，一个下午就会消磨殆尽。很多时候，光阴都虚度了，但是，这是我们喜欢的，不是么？此刻，喝丽泡的 2003 年老黄片，感觉特别甘洌。一个心地善良纯真温柔的人，泡出的茶自然不差。我喜欢与单纯的人交往。

## *October 12, 2015*

秋高气爽阳光照，客来人往为茶香。

现在的昆明深秋如冬，听说昆明周边有雪，难怪走在路上，即使穿上羊绒大衣，围上围巾，双手插在口袋里，不左顾右盼，专心迈步，也仍感寒冷逼人。

也好，一年有四季，一天有喜怒哀乐，来什么便接受什么，只是伤悲，我们尽量减少或避免或转换为事茶罢了。

对我来说，这样的天气适合躲在茶仓梳理这大半年的思绪。再想想目前的趋势、大环境的变化，我心里自有打算。无论市场经济如何低迷，无论民营企业如何艰难，懂得经营、经得起煎熬、有内功与实力的企业自然能坚挺度过。今天有新闻讲，中国最大的产业房地产已现危机。既然在商海，当然都要经历潮涨潮落，好的时候不要盲目跟风，扩大求全、品牌延伸在国内运作其实风险最大。这一生，能做成一件事情已很不错。当然，大浪淘沙留下的自是有实力与遵守商道的企业及定位长远的品牌，短期投机将逐渐退出各种商业领域。

想到这里，不自觉地烧水，以景德镇瓷器盖碗沏上了一壶今年的如初见。

洗茶才第三开，只见公道杯中茶汤已呈黄金色，透彻靓汤黄中略有浅淡墨绿。今年的明前春生茶，在昆明才五个月就呈现如许美色，让我甚是惊叹！

昨天，丽在茶仓自己冲泡如初见春茶（生茶），也是用盖碗。她自己尝尝后说：这是款男人茶，太有茶味。她个人更偏向于茶客私藏生茶。

其实如初见适合男人，也适合女人。要浓烈要清淡，全在泡茶师的掌握。因此说易武好茶霸气刚烈与温柔缠绵共存，以致让众多喝茶人纷纷跳入这最后的陷阱中。每次遇见都是欢喜的情绪，就更不多说了。在传递茶的时候，只看一眼，便也懂得。

茶汤中蕴含的滋味至真纯粹，甘苦与共。在这冷冷的天，也可以感觉到绻缱舌齿间那幽幽的山野春韵。

当然，那茶韵在身体漫延的时候，这个冷天也是温暖的。

*October 18, 2015*

茶友巍峨的山、刘先生二人茶饱离去，因为下午要赶飞机去北京。我竟然找出来一饼早已断货的2011年“铜像磨秋”金贵与他，看来他的福气也是好呀。一壶茶王还没真正泡开，而我也没喝过瘾，于是继续。没事的时候又开始自拍了，明明要增肥的，最近却又瘦了，离55公斤的目标还差5公斤，再次证明不是所有的梦想都能实现这话。又瞅到微信圈子里倮倮茶客及沈阳倮倮茶仓方才发的茶文茶诗，甚感有茶真心是好。再次感恩茶路上诸位的陪伴，也再次提醒新老茶友多抽时间喝茶，喝好茶，都拥有健康身心。

*October 19, 2015*

老妈坐上了回老家的车，这时才觉得好累，毕竟昨晚与兄弟及侄女玲交流人活着的使命、责任，关于人生价值观等话题到凌晨两点。今天早上七点又起，五个小时的睡眠，对我这把年纪的人来说还是太少，关键是操心的事情多，现在竟然有心力交瘁之感。想休息一下，大脑是乱乱的，于是将她睡过的床上用品放入洗衣机洗，自己泡了她撬开的 2005“铜像船图”茶王喝，点上一支烟，人又陷入深深浅浅的回忆中。

虽说一路有兄弟照料她，我倒也放心的，只是想着老家此时太潮湿，于她身子不利，我又有些担忧。

毕竟我已没了父亲，从情感上讲，我更希望老妈与我生活在一起。虽然那样，我会辛苦一些，可家有一老是个宝。回来有她在，心更踏实，也会觉得自己还没长大，心里总想着与她来点撒娇耍赖的事，虽然只是想想，没有行动。但有她在身边，自是甚感温馨的。比如晚上回来喊她一声：“妈，我回来了，今天弄个什么菜呢？”她也会说：

“幺妹回来了，早上那个炒花菜太硬了，得加水焖煮一下。”或者说：“先前那个豆腐干炒泡椒盐太重，下回少放。”再有就是“那个皇帝儿子多，都不是他亲生的，几个儿子争皇位，那个贵妃最歹毒，那个苏先生最文弱……”看《琅琊榜》看的。还是“虽然没有与你们置下多少土地房屋，但这么多儿女都养大，也都供了上学，在那个年代也是尽力了。”再或者说：“今天看了几集电视剧，又写了几页字，又看经书…”“又梦见你爸了，他叫我拿钱与他用，我是要回去了的……”她说的各种，我有些当回事认真对待，有些也装糊涂打哈哈，尽管她一点也不糊涂的样子。

现在她离开了，突然觉得好冷清，毕竟每个人都是依恋母亲的。想起小时候她悄悄拿鸡腿与我吃，嘱咐我别告诉其他人。还有我生日时，她总会煮荷包蛋与我吃。还有她放养在食品厂门口的鹅总生双黄蛋。还有，是她牵着我的小手去中心小学报名……太多太多回忆还是不想了。

先祝福她一路平安！更希望她长命百岁！另也祝福天下所有当母亲的人健康平安！

## *October 27, 2015*

一大早，在大茶缸里翻出这宝贝（2009 年金贵），好多碎末也不管了，低温洗茶一开、再低温出一开后吃，茶味虽浸出得少，但茶汤中的香啊，岂是一句“空谷幽兰”能形容？这种体验，恐怕只有今年喝过 2009 年金贵的茶友们懂得。接着高温正常温润泡法，吃上两杯，甚感享受，虽说已有五年转变，仍有置身春意盎然、野趣烂漫、甘蔗甜蜜、风轻云淡之境；汤中苦涩已无，有阳光、有……坊间传说的骚香……神满气爽！口腔里小山泉在欢涌。又感人生太美好，若时光能停留，不管身边有没有人陪，我也希望就在此刻。

*October 30, 2015*

现在不胡思乱想了，以不同的杯子拍照玩。又在静谧中回味过往，就在平和中迎接所有的缘分，这也算认真对待人生吧。

## *October 31, 2015*

周六早晨是没有设闹钟的，潜意识里是真的想睡个懒觉，最好无梦。可是今晨却又在七点左右醒来，虽然比起周一至周五的五点或六点闹钟叫醒，晚一个时辰，也不算晚起吧。何况昨夜还有梦，梦里有两人，一个是经常见面的女朋友丽，甚至昨天还一起在碧鸡关艺术社区土豆工作室喝茶、中午碧鸡关食堂吃中饭（吃了放下碗就走，害得工作人员从后面追出来喊“你俩还没付钱”）；另一个是十多年前的男同事。具体梦中内容也不甚清楚，醒后只依稀记得一些片段，心里觉得奇怪，但既然醒来，只能相信这个点醒已是习惯成自然，那么就起床洗漱完毕弄早点。

早点后，收收娃们的脏衣服，交与洗衣机。带如晟买了他选的奥利奥、凤梨酥，路上随手摘了些不知名的枝叶、红果到茶仓。又是习惯性地烧水、找茶。

今早想如初见。

一边伸手在缸里抓茶，估摸着最少九克，一边纳闷，为什么有的人每次见面都是欢喜？有的人一见就别扭又不得不见？这难道就是命运的安排？

是相濡以沫、互相嫌弃、恨得咬牙切齿到老？还是长相思到哭泣却相忘于江湖？

我想无论是哪一种情，到最后都是伤人的。当然也有温暖的时光。

除非万物皆空，能真正做到无我、忘我，相信一切只是假象的境界。

可凡尘俗子真正能做到的有多少？仓央嘉措也悄悄地讲，他到世间不是为了普度众生，而是为了寻找他的情人。

可是，所谓责任都能抛开一边，各种牵绊真的都能抛得开么？唯智慧才气如李叔同方可？他如此决定，自己倒也洒脱如闲云野鹤了，追求自己喜欢的了，可是我认为对他的爱人是一种辜负。一句“世间安得双全法，不负如来不负卿”即可卸去情债与责任了？就可不顾及他爱人的心碎了？

第一杯如初见茶汤入腹，口中千般滋味，心中如是。

第二杯如初见茶汤咽下去，有种柔润又充满活力、野趣、甘甜、青春、张扬的蜜香。我不免想笑，亲，含蓄点可以不？这是在安抚我今天上午的乱心么？这如初见茶在跟我谈情说爱了么？在这静谧的时候，闻茶香，看花开。耳畔传来鸟啾啾声，是茶仓外面栖在电线上的雀儿吧。

第三杯如初见茶汤吃了，整个人又莫名地欢喜了，这可怕的香在汤里，纵然再坚硬的心也会被俘了去。乖乖地事茶，小心地自己沏茶，因为总认为自己泡的茶最香最好喝，另外有个更重要的原因是，总担心别人将好茶泡坏了。

## *November 5, 2015*

喝壶 2001 年易武生茶。

十四年老生茶，闻空杯已闻不出什么果香、花香、蜜香、兰香。经年累月，那些香已经融入汤里。这是一种陈重的茶香，蕴含着无数的香型。也许，当你将汤含在口里感觉到的是药香，也许，他感觉出的却是木香，而她却尝到平稳的踏实。

绵绵延延，丝丝缕缕，幽幽柔柔切切。

汤缓缓进入我的心里，我能感觉心脏在变暖变柔，似乎有声音告诉我：对自己好，别傻，别指望别人……我恍惚了，这是梦还是……

有车呼啸而过，惊醒发呆的我，才蓦然发现，这一整天的光阴已被我悄然盛入这小斑马杯子里。

不计较是不可能的，有些事必得要有结果。

## November 6, 2015

北京今天下雪了，昆明阳光灿烂。有人喜欢雪后世界的清凉洁净，有人喜欢晒温暖的太阳，而我最喜欢也最幸福的事，莫过于每天可以轮流换着泡我的茶喝。

现在已经泡好2012年“龙图”茶客私藏。

三壶水泡的茶，一人静静喝完。铁壶烧的水软，随手泡烧的温度略高些，所以在昆明存放三年多的茶客私藏也被泡出涩味，这涩感不是那种让人难受的涩，对口味重的人来说不过是增加茶汤中的更多滋味。因为感冒没好，所以空杯中闻不到太重的香，但甜蜜香仍可闻出。私藏风格不像金贵那般青春张扬，却如一个含韵丰富内敛害羞的人，须深入了解方知其韵。

茶汤苦味很弱，味蕾不太敏感的人几乎感觉不出。主要是喝后口腔、喉咙、身体的反应都不错。舌底、舌苔生津，喉咙里自下往口里涌出甘甜、爽快的感觉，身子却是在喝了五开后变得软绵绵的了。思维呢？却是不愿意想什么事情了，此刻只想钻进被窝里呼呼大睡！管什么冬天不冬天，管什么工作不工作，享受生活才重要。哎，这让人颓废又欢乐的普洱茶！只要有茶，哪里也不想去了。以前认为有爱的地方就是天堂，现在却觉得有茶的地方才是天堂。

## *November 8, 2015*

如晟才吃完早餐，营口市的茶友却在冰冷天中很过瘾地喝着2005年“铜像船图”茶王。虽然昨晚土豆哥哥以各种姿势泡了与我吃，但昆明阳光灿烂的，估计滋味儿与冰雪天喝是不同的吧？何时冬天跑到北方去感受下室内温柔的沏茶、满屋的茶香，室外雪花飘落，无数思绪飘起。

*November 10, 2015*

人生如茶，苦涩甘甜；

茶如人生，浮浮沉沉。

如果我不告诉你这是几年的茶，在被时间追赶的你，或许不会耐着性子等待它释放芬芳的时刻。

因为这世界的节奏太快了，我们总是身不由己地被某些原因催促着“快，快点，没时间了，我还有 *N* 件事没做，我得抓紧时间”。所以，我们仿佛连喝杯茶的时间都没有，更别说自己动手烧水泡壶茶了。其实只要上心了，很多闲情也是有的，只不过，还是觉得真的没时间似的。

没时间慢下来，因为慢了就有出局的可能。即使小学生放学回家后也随时被催着“赶快写作业”。我们的脚步越来越快，我们的灵魂可安祥？我只知道我的灵魂需求，肯定是只想慢悠悠的，不被任何因素干扰，做我想做。或许是清晨怀颗素心沏茶，或许是傍晚等我的帅哥回家，或许静静地读一本书，再或许是为爱人烹制一款营养菜。更希望的是，能在冷夜酣睡，甜蜜做梦。做梦前，有人深情款款地对我说：亲，睡吧！呵呵，这些只不过是一个女人的小心思，无关理想。毕竟理想与现实总是格格不入的嘛。甜品总是与刚认识的人吃的嘛。

话说回来，幸好此生能与茶相伴。大清早的，就可以不受影响地享受茶之趣，放慢速度，放弃一些东西，便得到这清闲，是否在找借口？不管了，喝茶总是最重要的。

这茶因为精制时压得太紧，撬时难免被解碎了。在昆明的初冬，即使用铁壶烧水至沸腾，冲泡它，味道也在三四开后才浸出。只见一芽二叶或一芽三叶的茶在冲入的沸水中翻滚，或浮或沉，最后随着我停止往盖碗中注水而沉默于碗底，慢慢被高温水浸泡出醇香美味的茶汤来。

十年的守候，茶不负我！我也不负茶予的恩赐。

对了，不知为什么，最近都在用盖碗泡茶。

今天昆明虽然也是阳光普照，但毕竟已是冬天，室内冷。一杯醇厚馥郁的茶汤入腹，身心自然温暖起来，这时又觉得好像没有什么不能放下，只有喝茶才是顶顶重要的。其实很多事情是放不下的，只是在喝茶的时候觉得可以淡泊吧。

烧了五壶水，茶喝了十五泡，确实神清气爽了，只见茶还没完全泡开的样子，人喝茶喝饱了，就又懒得动了。晕，工作的事不要忘了才是。否则，又玩物丧志了。

## *November 11, 2015*

本来想在柜子里拿账本看看，却意外发现一点老茶，一张白棉纸包着，什么标识也没写，索性烧水泡了起来。在举国欢庆“光棍节”、剁手党欢喜双十一购物时，作为一个茶商，却不想弄个什么活动，竟然如此不抢时效大清早喝起茶来，自己想想也是醉了。话说这壶茶，真的妙不可言。昆明现在天空灰蒙蒙，乌云笼罩，似乎要下雨了。管它什么凄风冷雨，在单身狗光棍节的早晨，咱先喝舒坦了再说。

才用了一会儿电脑，眼睛就花了似的。还是先喝壶 2011 年茶客私藏再工作吧。这回启用咱云南的粗陶盖碗和公道杯，看上去很有感觉，尤其这公道杯烧出的乳黄白，确实难得。粗陶盖碗沏茶，比起细腻的泥料烧出的盖碗来更胜一筹。公道杯也非常聚香。这不是建水的泥，而是云南省内到处精选出的泥料拼配在一起捏、烧出来而成，可遇不可求。一个人喝，投茶约六克。喝后咂巴下嘴也是甜的，莫非只有茶才知我冷暖，懂我悲欢？

*November 26, 2015*

追女孩秘诀：

遇到喜欢的女生，就送她两饼倮倮茶，邮寄的时候，就可以知道她的电话和地址。接下来问她有没有收到，收到后叮嘱她怎么温柔冲泡，跟她聊天。每两饼倮倮茶至少可以创造七次聊天机会。科学研究表明，平均二十八次聊天可追到一个女孩，也就是八饼倮倮茶的事。

LUO LUO
TEA GODOWN
倮倮茶
LUO LUO TEA GODOWN
易武正山七子饼
云南七子饼茶
倮倮易武古茶饼
云南普洱茶
倮倮茶全家福（不齐）

*December 1, 2015*

一人喝 2001 年易武生茶兑金边玫瑰。

一股历经沧桑沉淀后遇见粉色浪漫的味儿。

默然相爱，寂静欢喜。

来或不来，我都在倮倮茶仓。

只因倮茶暖心。

## *December 2, 2015*

天气预报说昆明明天有雨，日日曝晒的春城是该来场冬雨了，最好是淅淅沥沥的绵绵细雨，因为这是我所喜欢的天气。晚上八点，正是喝夜茶的时候，用温州老茶友张仁兄赠予的古杯盛茶王，整个人小心翼翼的，姿势也似乎比较庄重，虽然没人看我此刻的动作如何。而那茶汤吃起来，味道似乎更醇厚了，看来茶器与茶一样档次上去了便下不来。只是要欣赏茶汤之美仍要选择白色瓷杯及玻璃公道杯了。

有些不明白，记得2010年，有对夫妻来茶仓咨询我如何打造自己的品牌，尔后他俩在昆明一茶叶市场经营茶，现在2015年，可人家在微信朋友圈公开说自己的品牌已经十年了。我晕啊，是我太老实了不懂得广告要夸大么？还是静静地喝自己的茶，淡看茶界风云。

## *December 7, 2015*

才九点就已在茶仓，喝上2014“太阳历”致纯真时代春茶（生茶）。不知为什么，每回喝这款茶的时候，我就总觉得自己还很青春，虽然狂笑的时候，眼睛、嘴角也有皱纹，但自我认为心里是没有皱褶的。也许这就是一个傻子的福气。什么沧海桑田似乎跟我都没有关系了，只要有茶，天冷心暖。只要有茶，人生百态、聚散无常、人情冷暖什么的也全部是正常的了。

*December 9, 2015*

又是一壶2015“彝家少女”如初见，观汤色黄亮透彻，吃之更是欢喜，因为汤从最初的蜜甜味变为兰味。这是茶中最高贵的味道。茶不辜负我。喝到九开了，差不多了，才转化半年的生茶属性偏寒，纵使贪恋这香,也要少吃些。克制对一个理性的“蛇人”来说不是问题。

## *December 11, 2015*

再用昆仑雪山泉水沏 2005“铜像船图”茶王，这味儿实在堪称玉液琼浆。220 毫升的仿古紫砂壶，投量仅 8 克茶，不急不缓地沏出，含汤在口里，只觉滑腻如油，绵软温馨，确实享受。只是想起爱子土豆还有很多习惯没培养好，心里又难免忧虑。都说孩子是大人的一面镜子，孩子在某些方面出现问题，那肯定是家长在这方面有问题了。可是孩子接受的是父母两个人的“言传身教”，为什么好的东西孩子学得慢而且不容易，而不良习气却一下就学会？这个问题肯定也困扰着很多家长，也难怪，很多人自己还是孩子心理时，却莫名其妙地当上父母，又怎么能担起教育孩子的重任呢？

*December 13, 2015*

繁华过后，终究是孤独。因此喜欢独处，自己陪自己，也是安详。或遇见住在内心的自己，或遇见另一个相像的自己，灵魂便也踏实从容，幸福感随时滋生。相信那时，就算只看到路旁开的无名野花，也觉得很美；哪怕吃着蒲公英叶子，也觉着甘甜。

## *December 15, 2015*

碧鸡关艺术社区土豆工作室的早晨仍然鸡鸣犬吠，众鸟清唱，空气清新，阳光明媚。我仍然接了碧鸡关山上的水烧好，沏茶王。不同的是用了几年前常熟茶友梅仙荷赠予的茶针来撬茶。碧鸡关山泉水虽不如青藏高原高海拔昆仑雪山水沏茶那般的软、糯、绵，但也够清冽甘甜。一人吃茶，得静、清、俭，也是我喜欢的。其实我喜欢的太多，但凡是美好的我都会喜欢，真正痴迷的却少，这么多年来，唯独迷上易武茶，也迷上一个人沏茶吃茶的过程。这过程也许是我静养的一种方式。我也正在想，目前的人生是否还是最初的梦想。现在看来，真的不是。我最早的梦想是当饭店老板、画家、作家、诗人、流浪汉。到现在，我都没好好地实现什么。昨晚，土豆在做作业时，我还跟他说我有一个目标，我必须在什么时候完成，你是我儿子不能有马马虎虎的人生。他说嗯。也不知他真的懂没。但作为他的启蒙老师，我必得重复告诫他（也相当于提醒自己）：人活着要活得有意义，不管经历什么，总是要变成更好的自己。独立、自信、美丽及拥有创造、追求幸福的能力。

## *December 16, 2015*

真的下雪了！约再来艺术馆门口的小树上有雪。耳朵里有雨落在叶子上滴答的声音。我吃过早饭，全副武装收拾妥当，烧好水、沏上四开茶，吃起啦！除了偶尔的滴答声、鸟语声，天地万物几近万籁俱静。北方的茶友们，俺这也算很隆重地听雪吃茶了一回吧。

心里想着事，想不明白，一不留意，这被泡开的茶王叶底竟然被我吃掉一半！

*December 17, 2015*

那么早喝茶，自己感觉满足。人生充满变数，每个人都在这舞台上扮演命运早就安排好的角色，只是演员们不知道罢了。我的角色就是每天重复沏茶喝茶，被茶浸泡，乐在其中。也许今天遇见你，也许明天遇见他。也许，永无交集。

*December 20, 2015*

又给土豆的画儿盖章。不禁唏嘘，人家有章六枚，而我只有一颗印鉴章，人家是高雅艺术，而我……当然，事茶也是顶好的，这是中国的传统文化嘛，这不有很多人在羡慕我么？

*December 22, 2015*

此刻又想喝茶了。喝茶让人清心寡欲，想法简单，碰上再复杂的人事，也觉得是简单的。心里装着慈悲，看一切都应是美好的。阿弥陀佛！

## *December 28, 2015*

天地万物复苏了，而我也开始喝茶了。“一壶普洱，心纳万物”。世上没有过不去的坎，没有解不开的恩怨是非，自己的心里若健康阳光，世界便是暖阳天。多做事少说话，少论人长短，只赞美别人，只记得别人的好，自己的心情也就好。人都会犯错，若知错能改过，为什么不予以机会？学会原谅，从容应对，因为这是因果轮回，是前世的债。我得感恩老天还让我健康地活着，还有好茶喝着。阿弥陀佛！愿苍生皆平安喜乐！

2016

# A cake of old tea

## 一饼老茶

四十七则

*January 1, 2016*

茶友们 2016 年早安！谨记彝家“团结、勇敢、诚实、善良”的品格，以醇厚稠浓若鲜血的、易武二十载以上的生茶，敬天下爱自己、爱高品质生活、向往美好时光的茶友们！原谅我已经喝完这惊艳的茶，我自己也只能偶尔回忆这份美好，虽说留下了近十克。幸好，再等十年又会享有这种美，甚至会有超越这种美的享受。我已经准备好一颗心，去迎接十年后的这壶璀璨，友们一起可好？让我们将自己藏好的倮倮茶守候好，等她经时光雕琢后的美丽蜕变。另外，不常联系但情谊都记得。今早重点是要谢谢茶友们十年的追随。祝愿亲爱的茶友们永远健康平安快乐！过节免不了与亲友聚会，若吃得太油腻，记得喝茶让身子轻松。

## January 8, 2016

开始早茶啦！我只呟喝一下。就在方才，我在茶仓，从柜台下面的建水储茶陶罐里抓了 2001 年易武生茶八九克，这是今年第一次喝这十四年的生茶，必得严谨一些。虽说觉着罐里的茶似乎越来越少，有些纳闷，但也懒得深究，茶毕竟是要喝了才体现其价值嘛。我现在要的是独享此刻，一个人也是非常静美。外面偶有车驰过，也深深浅浅听到一些人说话。我在烧水、温壶、置茶，水沸后注水醒茶、再注水，以隆重的态度对待，出汤后浅啜一口，那些旧时光画片一般又浮现眼前。茶汤是药香？抑或参香？樟木香？我又开始傻傻地分不清楚。但可以确定的是，我迷恋的正是茶千变万化的香。这恋，可以十年固若金汤般不变，当然也是终身不变的。但是，又难免糊涂了，也不确定是糊涂，还是犯痴病了，反正我发现问题来了，人对茶可以如此，那人对人呢？可以终身不变么？又是谁在爱着谁的灵魂？我开始思考了，谁又在笑了？写到这里，一抬头，外面已然灰亮。

## *January 10, 2016*

惊喜哦！一把十年的宜兴仿古紫砂壶，投八克 2014“太阳历”致纯真时代春茶（生茶），心无旁骛地冲沏出汤，竟然让我体验到茶汤中的绵软温柔，还有温馨的甘甜蜜意。虽说这甘甜不是特别腻歪，还是让人倍感亲切。还有，这转化快两年的茶咋苦涩味就快没了呢？是我的沏茶技艺又提升了么？如果真是这样，我也觉得理所当然，因为在我的世界里，普洱茶占据了非常多的空间。

只是因为茶能予我很多温暖，这温暖是人的本质需求。

也因为茶能让我的灵魂安详，至少在事茶、吃茶的时候，我是平和而宁静的。

当然，在人的世界里，我也能得到一些温暖、一些安详，但在茶这里意义又不同。比如茶的包容性，人很难企及，即使已是看淡一切、无欲无求的人，偶尔也会有些计较。

如果说 2014“太阳历”致纯真时代春茶（生茶）要予她一个比喻，我觉得她就是一位有着深厚教养的大家闺秀。与之亲近，会令人舒适愉悦，深觉彼此认识真好，人生真美。

你看，这个冬天也就寒冷了几天，现在又是喜人阳光。

## *January 13, 2016*

有茶友说撬2005“铜像船图”茶王费劲。确实。话说喝2005“铜像船图”茶王真不容易，可又爱上了，只有侍弄，满足咱身心对王的念想。先找稍微有些蓬松的（如果舍不得拆开那金丝棉纸，只有凭手拿茶，捏捏是松是紧来感觉了），再将茶针从茶的侧面插进、试着轻抬。虽然茶砖压制得紧，但有些茶砖也好撬，并不是所有的茶砖都难撬开。如果感觉太紧的茶砖，就先存放着，等日后蓬松些，再撬开喝。只是，一旦喝上2005“铜像船图”茶王，确实太费钱。

说说云南的古茶园90%以上的所有权都是茶农私属，但最近两年，但凡去到一些茶园，总会见到各种挂牌“某某公司茶园”的，尤其是一些出名的寨子茶园。今天勐海县政府开始清理贺开茶山邦盆村的各种虚假基地挂牌，据悉，其他各村各寨同步行进中。大扫除开始，去伪存真。政府得引导茶商建立品质为上的核心诉求，其实做经营，故事少做，多做好茶，用茶品说话就好。

## *February 15, 2016*

一把美人肩，八克2013年“铜鼓舞”金贵，这是我今夜的晚茶，消食祛油腻，并放松身心。这种习惯，只要在昆明，都是尽量保持的。只是这夜与往常不同，一把壶却让我想起一个人。这位，还是以前流行新浪博客的时候，在虚拟世界结识的博友“扑风捉影”。因为闲聊时感觉有些投机，我们俩虽素未谋面，他（她）即送我这把壶，亲自打包，亲自手填发货单，从京城发往春城。我也亲自打包，亲自手写发货单回馈茶。之后，又交流过一些茶的事。再后来，因茶的事、娃的事、老人的事，以致没太多时间上博客，与他（她）便断了音信。事隔经年，世事变迁，我的新浪博客已经被我打入冷宫多年，而昔日的缘分仅凭这把美人肩方忆起，他（她）到底是男是女，至今，我仍是糊涂，不知他（她）是否是北漂，也不知他（她）在哪奔赴前程，只有默默祝愿他（她）顺利幸福，若有缘，不必刻意安排什么，自会再见吧。

*February 18, 2016*

说了没事就往楼上跑，总有收获的，在楼上觅到倮倮2007年“岩画羽人畅想”春茶忙着撬下一泡开泡，汤刚入口，那骚香说不出来地迷惑人。再闻热空杯，那香中，先闻出甘甜，再过渡蜂蜜香，馥郁浓稠，那回韵，绵延不绝，汤清洌却内蕴丰富，滋味儿棒棒哒。也是喝得眉开眼笑。

## *February 29, 2016*

才七点四十分，我的一壶 2014“太阳历”致纯真时代春茶（生茶）已经沏好。淡黄色茶汤在瓷杯中静静变温，只等我持它在手品尝，感觉这来自山野的春意盎然。许是茶汤懂得我不喜苦涩，只爱甘甜与蜜香，因此只向我展示这两种让人坠落深渊的特征。还是我的沏茶技艺又有提高？总之，2014“太阳历”致纯真时代春茶（生茶）茶汤里已感觉不到苦涩，那甘甜与热杯香也不是一下子让人惊叹，而是丝丝缕缕、缠绵悱恻地依附在唇齿间。就是这份淡淡的不动声色的温柔，就已打动一颗不羁的心。年轻又沉稳大气，实为不一样的纯真。于是，美好的茶生活又从茶友群里抢红包喝早茶中开始了。

*March 13, 2016*

上午在茶仓，继续泡昨天喝的三十多年易武樟香味老熟茶，只觉热汤中略带生茶方有的骚香，还有樟木甜味，整体感觉非常棒，甘甜爽快。此刻，人又在碧鸡关艺术社区土豆工作室，拿广州茶友猴哥赠送的柴烧壶温情冲泡 2006 年易武生茶。有茶的日子，好像本该计较的大事都变成了小事，小事都已经随风而去，当下有茶喝才是要事。这算变懒了么?

## *March 21, 2016*

欲速则不达。也许最美的遇见，无关年龄、性别、种族，而是灵魂与灵魂的碰撞。一份心痛，两种怜惜，彼此温暖，彼此不辜负。这是在思考一款茶名时的零碎记忆。

## March 25, 2016

昨天下午五点多，重感冒果然如约而至。眼睛疼、鼻子堵、喉咙发炎，即使咽口水，也是艰难。又想着好久没自己做饭，想发挥下厨艺，眼见有雨，于是驾车去张家村农贸市场买菜。虽然打伞了，但毕竟也被冷风吹着，到晚上监督土豆做作业后，实在熬不住了。头晕目眩，也不与如晟比赛刷牙谁的白净了，于是早早躺下。

只觉迷迷糊糊的在梦中四处找茶喝，并且还对人说：我要喝浓茶，嗓子痛，肯定肿了。那人也不知是谁，总之在梦里没喝到想喝的茶，甚是着急、焦虑不安……

突然手机闹钟响起，醒了。

鼻子右边通，左边堵；眼睛右眼痛，左眼正常；喉咙仍和昨晚一样。于是忙叫醒土豆，告诉他妈妈生病了，要喝浓茶才会好。他一脸严肃，穿了衣服去了，过一会儿为我端来一杯茶。我一喝，果然浓，好苦！他问：好喝吗？我看着他，眨眼几下，答：好喝。但是，我要在里面加盐。你外婆以前也这样喝过。他不置可否，许是不理解，便拾掇自己的东西去了。

我真的往空杯里放了盐。盐罐的旁边紧挨着花椒粉，我想如果配点花椒粉，不知道味道如何？于是，用小勺子舀了一小点放进杯里，到沙发上坐下，将杯放在我的第一个鸡翅木小茶盘上，烧水泡土豆之前泡的茶。

小伙子投茶果然多。那在茶仓隔壁邻居紫玉轩购的六十元的盖碗，据老板娘说是汝窑的，我也不懂这些，只是想着娃娃也在，也经常泡茶，泡茶器具只能随便用用。说起盖碗，毕竟都是易碎品，娃娃都摔坏好几个瓷盖碗了，价格二十元至六十元一个，不等。最贵的瓷器盖碗，也只用到二百多元一个，后来被我磕着了。建陶盖碗看着也好，只是沏茶，个人认为没有瓷器盖碗味儿妙，许是泥太过细腻。那碗后来放在碧鸡关艺术社区土豆工作室，不过摆拍倒蛮不错。而云南的粗陶盖碗沏茶却也不差，究其原因，我也没深入了解过。碗里满满的茶都抵着盖子了。看叶子，我知这是三年前的金贵，因为这茶几上只放了金贵与茶王。话说回来，水开了，我也就着泡了，出汤后，将茶倒入放了盐与花椒粉的杯子里，端起一喝，那味道，别提有多么深刻了！突然想起我方才泡茶坐的位置，在去年九月至十月间，母亲就天天坐在这泡茶、念经、写经书、看电视……瞬间鼻子酸堵加重。

只觉口腔里咸麻苦，五味杂陈，感觉不出茶味儿了。

又想着这是在喝药，于是硬着头皮又喝了几杯，总算将杯子里的花椒粉都喝得差不多肉眼看不到才罢了。

现在，九点整，茶已喝淡，鼻子不堵了，喉咙也舒服多了，想呕的感觉消失不见。

### *March 28, 2016*

一个人才真的适合试毛料。今天下午再试曼松秋茶，然后又试今年曼松春茶。

纵使感冒原因导致的眼睛疼、鼻子堵等症状还有，但那汤含着，口腔里轻易就感觉出满满的滑腻；还有山野、碧水、蓝天的景色似乎浸在汤里了，清新脱俗，汤水含兰韵。略堵的鼻子使劲闻热空杯，仍是馥郁的蜜糖甜。难免感叹，曼松茶确实有气质啊！

## *March 30, 2016*

很多人打算做普洱茶，问要看什么书，以下是较专业的回答：

第一阶段：《用心学泡茶》《一壶普洱》

第二阶段:《茶之趣》《莫生气》《圣经》《老子》《思想政治》《论持久战》

第三阶段：《心路》《遇见》

第四阶段：《活着》《一切都是最好的安排》

遇见
当代最美普洱茶文最诗意慢生活
张宗群/编著
中国农业大学出版社
CHINA AGRICULTURAL UNIVERSITY PRESS
一壶普洱
编著

《遇见》《一壶普洱》合影

## *April 2, 2016*

今天，4 月 2 日，缅怀已逝亲人的日子。苍天懂得有情人的心，于是打雷、下雨，让世界陷入深深浅浅的忧伤里。听说离去的灵魂其实是愉悦的，因为终于离开这纷扰而凉薄的人间，只有活着的人还要继续，继续演绎红尘中的爱恨情仇、荣光与梦想。现在，我一个人在喝 2009 年金贵。想的也不复杂，该来的会来，该走的会走，一切都是宿命中注定。

*April 17, 2016*

最近穿布衣的日子多。
这样沏茶喝茶，也生出一丝素心来。
朴素、简单，我喜欢的。
雨唰唰地来了，昨晚就开始了。
都说这是春雨。
狗狗自由带了一个伴来，我不认识的。
它俩戏耍得欢，我呆呆地看。
只听下雨声更紧凑了。
整个世界似乎都是湿漉漉的。

## *April 19, 2016*

前不久在碧鸡关艺术社区土豆工作室门口播下的瓜子还是发芽了！没想到那么瘦的土壤也可以孕育生命。

只见蓝莓也结果了，牡丹也生根了，草莓又开花了，只是那草莓不知被什么虫子咬了。

翻出 2011 年茶客私藏沏好，喝第一杯，汤感清冽柔和，犹如碧鸡关今晨的和风暖阳。再习惯性将杯子往鼻子上凑，闻之，热空杯中有甜蜜，香袭怡人。于是，今天的茶生活就此拉开序幕。喝这五年的生茶，只觉苦涩退去得差不多了，唯有爽匚的茶味。

听闻世人都不喜苦涩，都指望一开始就是甜蜜。

可又听说太多茶如人生、先苦后甜的故事。

想不到深刻，无法深刻，还是做个简单的人。

喝壶茶，每天哪怕只有喝一壶茶的时间，也是愉悦的。

口腔内，齿间留香，津液自舌下而来，独享一个人的清静饮茶时光，足可远离哀愁。

所以说，茶是药，治病，尤其治心病。

*April 21, 2016*

都说一人品茶，得思，享清福。

今天上午沏的如初见茶，用了云南建陶壶、粗陶杯，吃着这饱含去年春天气息的汤，听着外面有点像蝉鸣的杂音，还有偶尔的鸟唱、呼啸而过的车声，我这颗心想点什么好呢？

还没想什么，已觉得嘴巴里生津、回甘。

默默感觉，如置春风习习、野花盛开之境般舒坦，心胸开阔更多了。

那苦涩中融和的甘甜，空气中飘散的纯净蜜香，再次向我诉说着如初见的美好。

我还需要想什么呢？

每天有被茶浸润，有遇见，足矣。

清净也好，喧嚣也罢，都会逝去，唯心安宁。

## *April 22, 2016*

二十世纪八十年代的易武老熟茶，选料粗糙些，那个年代也不讲级别。虽然也不太差，工艺不是太成熟，所以叶底看上去颜色不是一样的，也许渥堆时茶叶发酵的速度就不一样，也许翻堆时某些地方翻得没那么均匀，总之，只是猜想。但可以肯定的是，口感现在特别好！不要再老了，就在这时喝完吧！茶汤入口清凉甘甜，微凉时含在嘴里有滑糯。但糯感不稠，是茶叶放少了。汤里樟木香非常明显，这是易武毛料制作熟茶转化后出现的香味，也许不同味蕾的人还会尝出其他香。泡到三十泡没问题，越到后面越好喝。这款茶已经散了；原来是笋壳包装，存量也少。

二十世纪八十年代的樟香老熟

2004 年茶王饼

## *May 21, 2016*

随便收拾了下。

倮倮茶王喝了一下午，还有味儿，舍不得倒，再喝两泡罢。

土豆跑来说：饿了。

我随口而出：吃吧，茶王饼。

## *May 27, 2016*

越来越喜欢泡茶师的角色。因为独自一人泡茶、吃茶的过程，是如此让人欢喜与安静。因为知音无须多，好茶一壶足以慰风尘。

小心翼翼地对待这好基因的初生婴儿，小心翼翼地打开，轻柔地将沸水注入碗中泡不辜负，再心无杂念地啜上一口，感觉这来自山野春天的气息。

仓外，阳光正好，有鸟吟唱，而我，也许也将一壶清茶煮成一首诗。

就让茶温润我的一生。

这个，可以做到。

*June 13, 2016*

我其实是个很简单的人，从小接受的教育就是与人为善，不作恶，也希望人与人之间的交集都互不辜负，坦诚相待，如此，可得和谐。

而嗜茶客对一款新生茶的期待，更希望不被辜负，因此，倮倮十周年纪念，不辜负，不负我期望。

*June 14, 2016*

人生无须过于执着，尽人事安天命而已。选择了，努力了，坚持了，走过了，问心无愧就好。顺其自然、随遇而安，如行云般自在，像流水般洒脱，才是人生应有的态度。

亲爱的自己，安。

*June 15, 2016*

少壮不努力，老大徒伤悲。土豆昨天下午放学与我们吃完晚饭就在车上睡着了，回来都没洗漱上床接着睡，直到今早五点闹钟响，我才将他揪起做作业。即便如此，他还是剩下试卷改错没完成。在车上又叫他看语文书。然后，我送二儿子如晟到幼儿园。月底就期末考了，宝贝加油！能在班里前十就好。竞争意识也灌输与他，希望他懂得只有自己能帮自己，方能创造快乐而不平庸的人生。此刻，我正在茶仓喝 2006 年易武生茶，想想养两个娃的种种，难免感慨万千。喝茶是身心健康的需要，也深深地依赖上茶。再感恩在天堂的父母赐予我生命与正确的人生观。

## *June 20, 2016*

夜，叹岁月如梭，人生还是充满变数。一晃经年，当物是人非，体验过人情冷暖，悲欢离合后，一颗心几乎已不以物喜不以己悲，想来最宽心的事竟是：我有一壶茶，白首不相离，管它花开几度，人来人去，只要有茶就够，这种感觉可有人懂得？此刻，一壶十五年的生茶喝到睡意蒙胧，今夜，相信也是无梦的。

## *June 21, 2016*

昨天下午的一张老照片，勾起回忆无限。今早忍不住想喝致纯真时代，开始侍弄这封锁青春记忆的饼饼。于是，默默地备茶、烧水、注水，企图在一杯茶里唤醒那逝去不太久的不羁时光。

当一杯蕴含轻微苦涩又充满活力的茶汤吃入口里，浸入心肺，弥漫在身体里，那段张扬个性的岁月似乎又真的回来了。

陷入回忆，不代表老了，想不明白为什么有人会这样说。而我，就觉得自己一直没长大，还小，和我儿子一样嫩，爱调皮捣蛋，不喜欢被束缚。

## July 7, 2016

约再来艺术中心门口的花开了，仿佛一夜间，这个记不得名字、似向日葵的花花开了好几株。月季也羞羞地开了一朵。被我请入茶仓，插入花瓶，叶子被虫吃得不忍直视，掐之，没有叶陪衬也是漂亮的。

土豆做作业习惯性地要有茶，本来准备上电脑，但娃更重要。于是，将茶王与2014“欢度火把节”金贵兑着泡，哇！甘甜清冽、丰富厚重、后韵绵柔顺畅。经络穴位似乎都被打通，一下子舒坦愉快跑遍全身，啥啥不开心都跟着跑到九霄云外了。

有这两款茶的茶友可以试试，建议有“三低”的茶友在冲泡时投茶量少些，喝后记得吃巧克力。

## *August 14, 2016*

有一饼老茶，无情的岁月却让她蕴含沧桑的温柔。这沧桑的、温柔的特质，想想就让人心里充满爱，即使身处凉薄的世界里。

2001 年易武生茶

## *August 17, 2016*

开泡九年的野生茶，出汤后才喝了一杯，就感觉瞬间到了荒无人烟的高山上，眼前苍山翠绿。有鸟儿在进行多声部合唱，蝴蝶飞舞，蝈蝈儿跑，野花野草疯长……

自由、畅爽、无拘束，一如十年前的我在滇池。

为什么福气那么好呢？在楼上被其他茶压在倒数第二排，在楼上默默地守着春夏秋冬，一年又一年，昨天下午被我发现，今天上午就被我独自享受了。这是冥冥之中的定数，该在什么时候遇见就会在什么时候出现，没有人逃得了的。

这曾经有毒素的野茶已经被光阴塑造得温婉可人。

野生茶

## *August 21, 2016*

虽然醒了，但还不想起。自从有微信后，一睁眼就是拿起手机进到朋友圈。这行为已经代替了看书的习惯，不好，真的不好。可是翻看照片，又想晒图，比如今天晒的图一，是三天前拍的——对于一个超级自恋的人来说，忍着三天不晒已经是奇迹了。我认为我对现在的状态还算满意，仍是拥有青春气息又不失沉稳。图二是去年拍的，反显得老成了。可见，凡事往简单处想，往美好的方向去想，至少一颗心没那么负累。再有一壶一壶清茶浸润，自己的人生，虽也有遗憾之处，但也感受到老天的眷顾。噢，写到这，还是收起手机，在这周日的早晨，选择来个回笼觉吧。

图一

图二

自恋的老张

### *August 27, 2016*

喝茶为什么养生？ 茶为嘉木之“木”；以“锅炒杀青”，属“金”；煮茶用“火”；冲泡用“水”；以陶或瓷盛之，属“土”。茶中“金木水火土”尽得，博取兼容阴阳五行的精华灵气，难怪茶叶有诸多养生养心之功效。

### *September 2, 2016*

又体会到活力充沛的甘甜爽口。

幸福就是每天一壶好茶。

幸福是善待自己与他人。

幸福是将纯真延时到老。

## *September 5, 2016*

喝夜茶，2005“铜像船图”茶王，甘甜温润，又不失力道。

自由就是每天想喝茶就可以坐下来沏茶。

幸福就是想喝老茶就可以随意抓把来泡。

对自己好，是对他人负责任。

倮茶友晒了一款茶汤，曾经也是我的最爱，想喝！忙忙碌碌的，一年多没尝了。只记得一年前喝时茶汤相当丰富饱满，茶汤入口即可满满地感受汤含香，蜜香？果香？梅子香？花香？说不清楚，总之，当时很多香溶于汤里，于是只觉茶香馥郁，韵味绵长。2007年春天，还是普洱茶最疯狂的时候，原料涨到很多公司不敢轻易采购毛料，或者说，原料比市场上的成品价格还高。很多人持观望态度，也因为资金问题不出手。我也不敢，但实在因为这料子好，因此做了点茶，一直存着，偶尔尝尝，边喝边感叹下2006年、2007年普洱市场如何如何。商海沉浮，考验的不仅是一个人的心理素质。当诱惑来临，考验的是一个人的冷静与理性，不能膨胀，有长期投资准备，就不用惧怕冬天的寒冷。

## *September 7, 2016*

今晨有雨，
天气似乎越来越冷。
还好可以躲在茶仓里，
无论是撬茶，
还是发呆，
还是上电脑——
无论是虚度光阴，
还是忙碌中喝茶，
好好爱自己，
就好。

下午，已经不满足两款茶配在一起冲泡出来的味道了，于是将2001 年易武生茶、2005“铜像船图”茶王、2013 年“铜鼓舞”金贵，各约三克同置入壶中沏出，果然表现好棒！茶友们有空时可体验。

倮倮2005茶王.2013金贵、2001生茶

## *September 14, 2016*

现在的昆明天气晴朗，相当适合喝生茶。

于是以 2016 年“彝族老头”不辜负春茶( 生茶 )配 2001 年易武生茶，出汤后一尝，再闻，晕！热空杯里实在太香、太美了！喝得心里暖洋洋的。

才两杯，身子已热乎乎的。

感叹：人生啊……幸福就是那么简单。

不再想：我是谁？从何处来？到何处去？

真诚对待所有的人事，每天有时间喝茶，足矣。

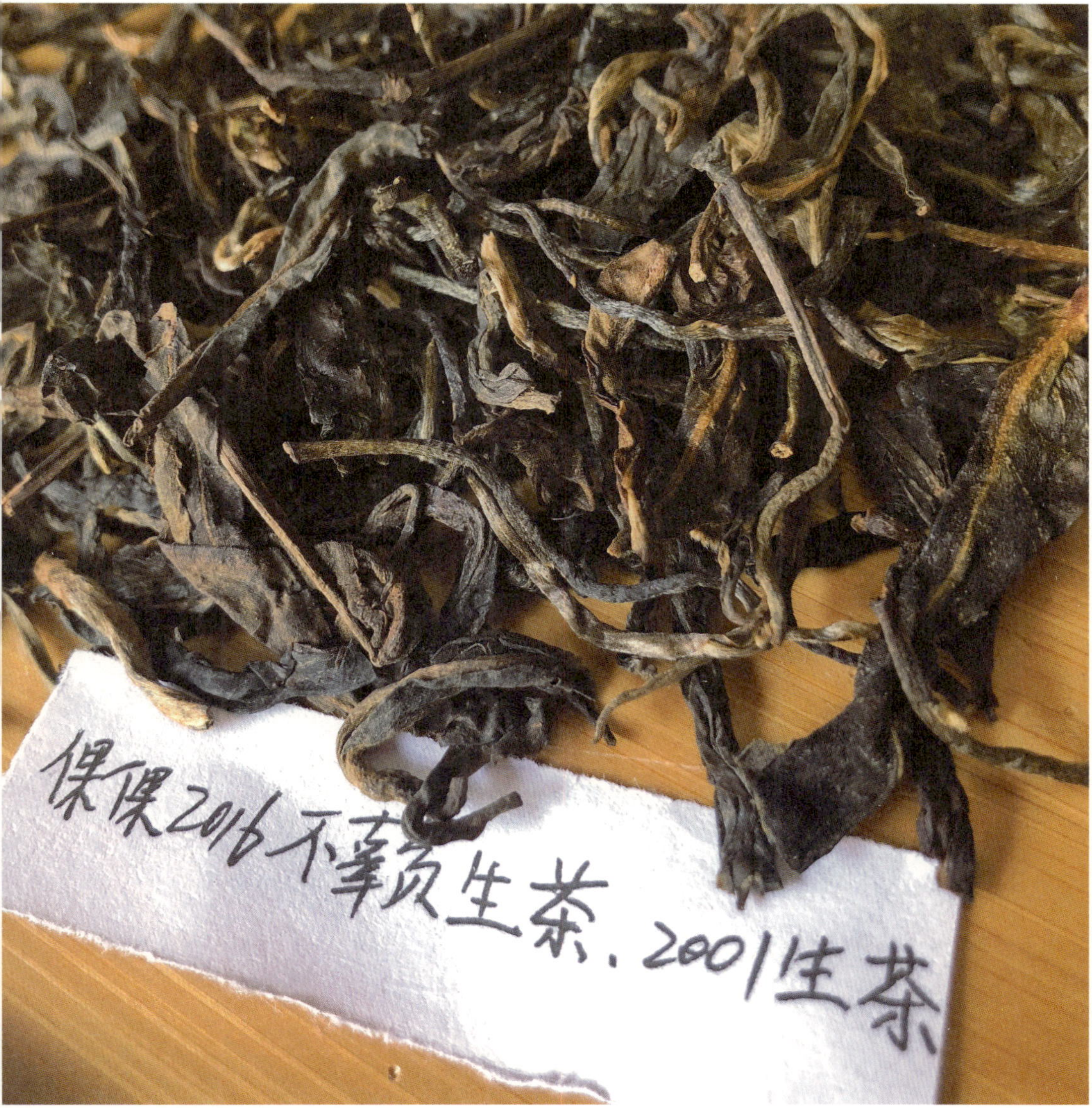
保保2016
生茶、2001生茶

## *September 25, 2016*

有人说：要么庸俗，要么孤独。我不想庸俗，也不想孤独，这怎么办？还是爱喝生茶，甜蜜多过苦涩，快乐多过忧郁，简单多过复杂。

户外茶汤

## *October 2, 2016*

想一个问题：
如何让一个人的细胞鲜活起来？
最美的风景，就是不曾去过的地方，
因为距离产生美。
不同的人，追求怎会相同。
有时候，遇见，就是一辈子。
有时候，遇见，就匆匆擦肩而过。
有人做梦也孤单，但是不说。
有人不做梦，天马行空，却也觉着幸福。
谁知道这是个什么样的人生呢？
谁又知道明天会发生什么？会遇见什么人？
包括，喝了壶什么茶？
提前知晓，会无趣。
不知为不知，是为知。

## *October 3, 2016*

从十二点半走到三点，我与如晟从山上徒步到山底. 原以为不可能带着一个四岁多的孩子走那么远的路，但是我既然说了要走，就必须得走。所以再次证明人的潜能无限。我对如晟的毅力也相当满意。一路上，他没有叫我抱过，偶尔说累了，我就与他喝点淡淡的温茶水。他会停下看花看草，我也陪着他，很高兴能陪他度过这特别的时光。我俩三点在城市山门口一家刚开的餐厅吃了火锅，这是中饭。现在才回到茶仓，趁他看动画片的当儿，忙不迭地找出自己藏的茶，水已烧开，马上沏茶。好期待的一款。这可是我第一次到易武时自己亲自压的茶，喝着又是感叹万千了。

## *October 4, 2016*

大娃土豆在茶仓做了会儿作业就说休息下，跑出去玩了。

坐下来，才发现断断续续的，这泡茶喝了很久。茶汤温温时喝，苦苦甜甜，此刻茶仓外阳光灿烂，人在茶仓里，手持这杯春茶，听着石缸里充氧棒为鱼充氧发出的声音。一个人，顿感清凉寂静，也许，正是发呆的时候呢。虽说发呆，大脑仍在想着今年冬天要考虑的明年春茶的包装设计，最好春节前能印刷好，这样开春就不会那么忙了。

2001 生茶

## *October 21, 2016*

又是一个休闲的下午，找出一饼茶开撬。

以前的茶不讲级别，外形是不如现在的漂亮，重点在内涵。近代做的茶既讲视觉效果，又要讲内涵的。

现在，当这饼茶被我完全解开后，我的心情是相当好的。因为这撬茶的过程同样让人放松，而且很能让人进入专注的状态。更是因为，如果不专注，会刺破手啊。

## *October 25, 2016*

有人说这世上没有丑女人，只有懒女人。意思是无论先天长得怎样，只要会穿衣打扮，视觉上至少能带给自己或别人美感。我却觉得女人除了外观美，如果能当懒人也是种能力，没心没肺地活也是种养生嘛。当然，适当的打扮也是有必要，花瓶也有花瓶的用处，至少可以装饰。虽然感觉上有些没尊严，但碰上一个愿意把他的女人当女儿对待的人，也是一种幸运吧，或者也算各取所需吧。当然了，如果再多读点书自是更好。但大多天生丽质的女子都是被溺爱的，似乎只要懂得示弱就有美好的一生。不懂得撒娇的女子，只能将自己炼成汉子了。其实这些话都是废话，因为说的人已经太多，我也是喝茶时乱说一通。圈子里的女人们别对号入座，免得徒增烦恼。话说回来，在这充满各种变数的时代，尤其是二十世纪七十年代的人，我认为每天早晨能平安健康地醒来也是福。于是我兴冲冲地穿了旗袍，化了妆，开开心心地出门，开始新的一天的工作，将每一天都活得漂漂亮亮，也算不负流年吧。天冷了，一壶暖暖的茶汤入腹，浸润心窝，有茶的人生，总是美好的多。凡在我微信圈里的，必也是与我有或多或少缘分的。记得多抽空亲自泡茶与自己喝吧，或者，能与身边的人一起享受这壶上天为我们馈赠的茶，更是最美的。

*October 27, 2016*

雨天，撬茶如初见。

边解茶边走神。

不解张爱玲怎会为一个不值得的胡兰成痴到那种地步，分手了还用自己的稿费为他还债！两人分手时她也还年轻，怎么又灰心死心到说自己已经枯萎的话？莫非真是前世欠他太多？

想到疑惑处，一不留神，茶针刺到俺的纤纤玉手食指尖上，即见红。看来撬茶也要认真，就像抢红包一样了。说起抢红包，又不纳闷了，手指也不疼了，心里发笑，抢红包也让人快乐。因为今年已经抢到三万多元的红包（而整个2016年来我共计抢到五万多元红包），于是一高兴，即起身喝茶去。

*November 4, 2016*

我现在突然发现，原来撬茶真的会上瘾呀。

记得母亲2013年在茶仓闲得无聊，叫我找茶给她撬，她说撬茶是混时间，嗞嗞嗞，一会儿撬开一饼，嗞嗞嗞，又撬开一饼，一个下午下来，撬个三十饼不成问题。那些撬散醒着的各款茶装满了大缸小罐，连卖带送，茶仓差不多消化了两年。

如今她在极乐世界念阿弥陀佛去了，我还在茶仓事茶。尤其一撬茶，就会想起她在茶仓笑眯眯地喝茶，或者笑眯眯地盯着我看，或者一边撬茶，一边又跟我讲她与我爹的那些事儿。

易武茶区百年古树

## *November 9, 2016*

上午，2005“铜像船图”茶王占两成、2014“太阳历”致纯真时代春茶（生茶）占一成，两款生茶配着泡，果然惊艳！

吃茶两碗后，不免又浮想联翩，如果有一个人，既有茶王的沉稳丰富，又有致纯真的简单纯粹，那该多么迷人呀。

茶王与纯真混着泡的茶汤及叶底

## *November 10, 2016*

现在，昆明天气时阴时晴。

想尝试，于是分别从两个茶缸里抓了 2001 年易武生茶与 2014“太阳历”致纯真时代春茶（生茶），以 1 ∶ 1 比例冲泡。

又开始享受这美好琐碎而缓慢的茶生活。

洗茶一遍，出汤四回，喝了好几杯，才发现汤上面浮有茶烟，有茶客也称为茶油。

汤滑，汤中略有淡淡参香，还是药香？总之，用陈香这笼统的概念来形容总不会错了，但似乎参香味更多些。汤感平和，内敛，悠悠的回韵，在舌齿间，在身体的每个毛孔里。然后，上颚更感甘甜。甜蜜到心里，于是幸福的感觉又来了。

此刻茶仓外阳光洒落。

喝着喝着，突然又想睡觉，这老茶安神效果真好。

2001 年易武生茶与 2014“太阳历”致纯真时代春茶（生茶）配比及叶底与茶汤

*November 21, 2016*

明知是毒药，在诱惑人，却无法抗拒。绿叶荫蔽不了红花的光芒。热闹过后，终究，我们每个人都是寂寞的。做不到逃避，就习惯。习惯性地吃茶，发呆，在这静美的生活中沉沦，如此这般，抚平刻在心里的皱纹。让人与茶一起慢慢沉淀，享受从容自若的人生，以不辜负此生。

## *December 13, 2016*

上午上楼找茶，觅得这款 2009 年压制的无量春茶（原料是 2008 年的）。这茶好多年没见影子了，忍不住烧水以盖碗泡了一壶，洗茶后前三开的汤，喝后口腔里回甘迅速，爽，汤感有香，不好形容，似菌又似兰味，空杯里闻出玉米秆甜香味，挺舒服的。但这茶存量极少。留着慢慢与有缘人分享。

倮倮 2009 年无量茶

## *December 20, 2016*

瞌睡来。想喝茶了，可这保温瓶的保温效果好，茶烫，只能是小口小口地喝，想牛饮过过瘾也不行。今天十二点出门时，配的 2001 年易武生茶、2015 年“彝族抢婚”金贵、2016“彝族汉子”自若，比例均等，经常出差的茶友可仿效，无论泡一款，或二款、三款茶，装了汤在保温瓶，只要拎着出门在路上思念茶时吃上一口，即可过瘾。

2001 生茶、2016“彝家汉子”自若、2015“彝族抢婚”金贵配在一起泡出的茶

## *December 29, 2016*

又像抓中药一样，2001年易武生茶、2013年茶客私藏、2016年“彝家妇女”如初见配在一起泡。我口味重，估计总量上十克了，洗茶后第一开，已闻到空气中漫延的蜜甜香气。前三开的茶汤，喝一口，怎一句好喝了得？关于汤，已经词穷，不知如何形容了，太不一般的味觉体验，身体的反应也特迅速。就我，除了手心，后背，连额头都出汗了。这每天沏上一壶茶，让步子慢下来，感受这天赐尤物的美妙，让心静默的时光是那么恰当。

2017

# The days of innocence

## 纯真时代的事儿

三十七则

*January 2, 2017*

现在，2005“铜像船图”茶王配 2014 年“太阳历”致纯真时代（生茶），按照 1 ∶ 1 的比例，投茶入壶。

喝了就能体会，什么叫强劲中绵长的韵味。纯真时代的张扬轻狂、茶王的霸气柔润，尽在这一壶里。

茶王与纯真时代（生茶）拼配图与茶汤

## *February 9, 2017*

今天阴，泡上一壶 2004 年易武茶王配 2013 年茶客私藏，本想着喝几杯，就上电脑弄公众平台，可一坐下开喝就不想起身，于是再次确定，喝茶除了修身养性外，还有另一个功效：使人变懒……这个，喝上茶的人就懂得了，因为沉迷于这份美美地享受中，反正没人催，此刻也不用一定要去工作，谁还会想着工作上的事呢。

## *February 14, 2017*

那一年，我们在纯真时代，遇见，都是欢喜，如初见，只愿此生彼此不辜负。

其实，幸福与快乐就在身边，真的很简单。运动让我自信，喝茶让我欢喜。女人，无论在什么年龄段，无论身处何种境地，都不要放弃对自己身材的管理，更要修一颗宁静平和的心。为自己健康的身心努力吧！虽说无意遇见，但若做完决定，自然会遇见美好的自己。对了，现在我已在茶仓喝 2013 年茶客私藏配 2005“铜像船图”茶王。喝茶的人们，想象这份跑步后的惬意生活吧，想象在一个安逸的环境里啜饮着一杯滋味丰富的茶汤是如何的爽快吧。

## *February 16, 2017*

其实，今天也是会很忙，只是来到茶仓不喝上一壶倮倮茶，又如何能安心做事呢？

一壶纯纯的 2014 年“太阳历”致纯真时代春茶（生茶），以云南建陶壶泡出，汤感甚好。今天兰味明显，浓郁的兰味此刻在口腔里漫延，人情不自禁地又陷入沉思。是的，我又进入青春的回忆里了。

2014年“太阳历”致纯真时代春茶（生茶）

## *February 19, 2017*

娃娃上英语课。

我在仔细欣赏有土豆画的壶。这壶只要再经茶水的滋养，茶壶上灵动传神的童真画儿，那油润、细腻、厚重等等气质都会出来。以前泡茶，尤其是生茶，都用宜兴紫砂壶，特喜仿古。可最近反复尝试，却试出建陶壶泡生茶的好来，天晴的时候泡出来的茶汤更棒。应是建水五彩泥更细腻，致茶香跑得少，汤也醇厚些。

有土豆“画作”的建水陶壶

## *February 23, 2017*

天时晴时阴，我的心情也是忽好忽坏。我在想我老了的时候，尤其找茶时会不会更晕，我曾希望自己像个男人一样有力气，可是双手无缚鸡之力。我想锻炼出力量，却发现自己只能修心。但想想总是有收获，也就释然了。

只见那些堆在茶仓一楼的茶，看着让人头晕，款式多了，翻找后总是零乱。又感觉茶仓面积小了不够施展。人性么？欲壑难填，可以理解。但凡事量力而行，不给自己太多压力，快乐自留，也是养生的方式。或许，还是这小小的格局，在小小的茶仓喝茶、事茶踏实些吧。

而此刻，喝着 2005“铜像船图”茶王加 2014 年茶客私藏，却又心静如水，什么想法都没有。

二儿子如晟说他想土豆了。这才几个小时不见，果然人是需要伴的，哪怕是五岁的孩童，也有他的情感需求。

2016 年冬，兄弟俩在安宁柏联酒店院子里

## *March 5, 2017*

最近追剧《三生三世十里桃花》，让人感觉到，人和人的遇见都是注定，一下子明白，宿命、因果、信仰和使命。

佛家说：今生的相聚，都是前世的回眸。

所有的离别，都是为了寻找最后的归宿。

若无相欠，怎会遇见。

如果有幸遇见了，请善待。

## *March 17, 2017*

喝一壶 2014“太阳历”致纯真时代春茶（生茶），又想起我纯真时代的事儿了。

记得母亲经常会叮嘱我要好好读书，将来才有前途——就像我现在苦口婆心地教育土豆一样。

至于父亲，他没正式与我交谈过关于我人生规划的话题。他是我祖父娶的三个妻子中唯一的独子，体质也不太好。他幼时上过几年私塾，也有些藏书，尤其是武侠小说等，我曾经都偷看过。他好喝点小酒，喜美食，也喜欢讲故事，乐善好施。在我身上，也算潜移默化地沾上了他这些特质。总体来说，父亲还是比较传统的，在那个年代，我能感觉到他希望我成人后当个教师，可是调皮的我总是依照自己的喜好来，否则，现在的我过的又是另外一种人生了。现在看来，人的路都是自己选择的，无论怎样，做自己喜欢的，不迷茫，踏实活着，以诚待人总是不错的。正如这壶中茶，我认真对待，总是有温情反馈回来。

## *March 21, 2017*

今早，春城飘雨。

喝纯纯的茶王，建陶壶泡，太蜜香甘甜。

漫延的茶香，将茶仓外的凉薄空气隔离，心始终还是温暖的时候多。我的世界已经拥有很多，心里的事，有些不能对人说，便对茶说，也是美事，反正说出来，就轻松些，至于面对的是人是叶，都不重要了。

2005“铜像船图”茶王裸砖

## *April 7, 2017*

试喝 2017 年倮倮如初见春茶，实在太棒了！汤清澈透亮，嫩绿中有浅黄，入口甘甜爽口，微苦，可忽略这淡淡的苦。唇齿间蜜香充溢，从喉咙里往上涌的甘泉？还是舌底？空热杯里熟悉的蜜香浓郁醉人，我和玲子都喝得蛮欢喜的。

2017 如初见设计图及裸茶图

## *April 25, 2017*

尝今年“跳菜”倮倮金贵毛料。汤感清新，有兰味，甘，苦涩弱。昆明沸点低，正常冲泡，苦涩出得少。今年茶叶发得晚些，故吸收了更多的天地日月精华及土壤里的矿物元素，以致今年春茶的茶内质更丰富。当然，茶树又长了一岁。只见盖碗里茶叶有长有短。又觉齿间、舌下挺舒服的，回甘持久保持。

好喜欢。

2017年“跳菜”金贵

## *April 28, 2017*

中午,趁没吃中饭,又来一壶2014年“太阳历”致纯真时代春茶(生茶)。

盖碗，正常冲泡，投茶十克。

洗茶一道后，趁着水温没降低，将二至四开一起泡出，注入公道杯，放松心情，静默品尝。只见在昆明自然存放了三年的茶，汤已出浅琥珀色，透亮迷人。汤一入口，只觉甘甜，汤含蜜香，含汤在口腔内，可感滑腻，温润。稍后咽下腹，有丝丝清凉甘甜从舌尖、舌下渗出，如儿时在老家嚼玉米梗后的味道，绵绵的，清爽的。再左右摇摇热空杯，扣在鼻尖深嗅，蜂蜜香味。待又烧水，等水沸腾期间，再闻冷空杯，仍有蜂蜜香味，说明致纯真时代生茶挂杯香持久……

此刻已经烧水五壶，每次正常冲泡四开，共二十泡了，没有刻意停顿浸泡时间，汤色、茶味几乎保持一致，可以泡二十八泡。如果采用泡茶技巧，上三十泡仍然茶味不减……仍是到尾泡都是甜的。茶汤冷时也好喝。

当然，也在回忆逝去的青春，那纯真的时光，经历过，失去过，才知道当时的懵懂无知与朝气蓬勃也是一种美。回头看看，总有些遗憾，但不是有“不完美”才是“完美”一说么？现在遇见也不晚吧，只要懂得，青春就会永远。

中饭后又尝一壶今年不辜负毛料，入口就甘甜，汤含有菌香，才第一开。五泡后，兰味、花香味都出来了。生津回甘持久，苦涩近无，一种身处春天里山花烂漫的感觉。真是：孟夏月里吃春茶，花果香，香润心田。

入口甘甜，生津回甘持久绵长，如涓涓细流般源远流长，一阵花香袭来，瞬间感觉置身于幽林茂竹间，悠悠溪流畔，手捧一杯香茗与知音共话，偶闻风声水声鸟鸣声，可以遁入空灵，忘却俗世，洗尽铅华，只觉：幸福！

*April 29, 2017*

昆明今儿晴，最高温度 26℃，上午 11 点左右。再尝今年倮倮如初见生茶小样。先端详干茶，饼面茶叶条索紧结重实，芽、梗、叶，甚至有小黄叶、银毫，浅墨绿、咖啡色、浅绿中调入淡黄……构成一饼手工痕迹明显的易武明前古树春茶如初见！

只是欣赏这茶饼，已是欢喜了好一阵。然后烧水，备好盖碗、公道杯、茶杯。再撬开小饼，取约十克茶置入盖碗。水沸后，以正常快进快出冲泡方法，也是洗茶后四开倒入公道杯一起品。只见在昆明放了十多天的如初见小饼泡出的茶，汤已是橙色中有墨绿油亮色，汤中明显可见稠密内悬物，质感厚。虽说很想即刻一口喝，但是考虑到不能烫了咽喉，于是忍了下，只是抬起杯中汤先闻闻，再吹吹，待茶汤稍微凉一下再品尝。

只觉真的已经达到“一碗是青山，二碗喉润物，三碗破孤闷”的状态。

有这如初见，什么过不去的坎儿，什么忘不掉的故事，无论又是多么美好的回忆，多么痛楚的分离，一切爱恨情仇都被这一杯又一杯的如初见茶汤融化在那春天的味道里了。

记得的只是遇见这如初见的欣喜若狂，回味的只是这如初见的无声胜有声的窃窃私语，那份淡淡的苦中有重重的蜜桃味，携着整个冬天及春天的气息而至，馥郁芬芳，甘甜，爽到极点。

前五泡，十泡，十五泡，二十泡，都是不同的感受，都喜欢。

于是，在喝到二十五泡后，忍不住地想飞，想象的翅膀已经长在腋下，于是我飞向苍穹，飞向翠柳飘絮的湖边，飞向朵朵棉花的云上，更渴望，飞向一个温暖的怀抱。

不曾想过 2017 年，会有如此美好的遇见。

倮倮如初见，每次遇见，都是欢喜。

我心自由，为爱奔跑，惊鸿一瞥，如初见。

## *May 5, 2017*

今天第一壶茶，倮倮 2014 年“赛装节”茶客私藏又如咀嚼橄榄后的回味。温柔雅致。

喝了两杯后，思绪又回到 2014 年，那一年，昭通鲁甸地震，虽说我不是鲁甸人，但也同大多数人一样对灾区心怀悲悯，所以拿出这款茶做义卖，所售款项不计成本捐出。回忆当时，十分感谢省外的倮倮茶友们，虽然距离遥远，但是慈善之心却很近；也非常感谢省内的同学、朋友们对我的信任与支持。其实有些茶友储藏的倮倮茶已经够喝一辈子了，但仍然支持这个活动。一些在昆明的朋友、同学，甚至专门跑来茶仓献爱心。感谢大家心系灾区，无论金额多少，都是爱。感恩！祝你们幸福快乐！

献爱心茶友名单：

吴志刚，张仁，周颖，李昕，王峻，梁紫，劳少雄，韩琴，李梅忠，汪波，童云，祝建民，曾建锋，武学军，赵成华，黄拥军，刘润忠，张芸，梁纪文，黄海，小亲，杨丛巧，杨丛珍，胡婷梅，刘和焦，卓娜，黄逸辰，李德才，杨辉，蔡嵘，吴志强，吴上信，邹金梅，徐文玲，姜繁，赵四平，北京刘先生，王仁乾……

作者于竹林前泡茶图

## *May 16, 2017*

一个人在茶仓，又喝一壶 2014 年“太阳历”致纯真时代春茶（生茶）。

这次，什么也没想，只是静静地感觉汤中的香与滑，过后口腔的迅速生津回甘。

六开下去，还是又忍不住感叹：人生如梦，如茶，有希望，也保证随时变化。有期待，有失落，也有更多不辜负的泽兰蜜甜。有情意绵延，有纯真气质，也有更多安宁。

## *June 7, 2017*

看 2017 年“彝家老太”不辜负春茶（生茶）的裸茶，紧实厚重，油润度好，叶墨绿，梗长，芽白毫显。

前三开，汤入口，温润糯滑，苦涩弱。之后回甘生津，甘甜从喉咙往口腔里涌起，生津在舌下。后三开，汤入口直接甘甜滑腻，也是爽歪歪。现在手心微汗。喝得好开心。茶汤含在嘴里，似含油般。回味持久，耐喝耐泡，对得起“不辜负”的名字，不负茶客的期待，喝到最后仍然甘甜。

*June 19, 2017*

倮倮2016年“彝家老头”不辜负熟茶。
奢侈。
滑、糯、甘甜、无渥味、汤含淡淡樟香……
回甘后喉咙里清凉甜……

## *June 21, 2017*

以李景然建陶壶沏 2016 年如初见春茶，如饮甘露……

自由狗狗有旧友来茶仓找它嬉戏，我的朋友，可有来找我的？

思绪突然想到人性的冷酷无情。这一生中，每个人都会碰到吧。当碰上时，是隐忍，还是一笑置之，也许喝上几壶茶就知道答案。

日月星辰，天地间，渺小的人类，匆匆百年，无论是轰轰烈烈，还是慵懒平凡，心安即可。

虽然都是过客，但精彩总比虚度的多了痕迹。认真的总比混沌的多了感动。知道责任的总比无视义务的多了敬重。

*June 22, 2017*

今天只喝了一壶二十世纪八十年代的易武熟茶，强烈的樟香味已融入汤中，一直到尾泡也有。喝后口里双颊生津，甘甜美好，耐喝耐泡，回韵悠远，体感舒适，甚是享受……

此老茶中拣出的茶梗，他日天寒时可煮一壶浓滟独享。

*June 30, 2017*

明天，或者后天，今年第二批“跳菜”金贵春茶就到昆明了。

还有如初见春茶（生茶）、茶客私藏春茶（生茶）。

这种等待算常态的。

只是，倮倮茶再美，少了一个你，总是遗憾。

今天喝的是易武 2003 年老黄片三公斤茶柱。

*July 2, 2017*

昨天忙乱了一天，谢谢茶城里的朋友杨画家、苏画家的帮忙，倮倮 2017 年茶客私藏已安放妥当。

只是如晟任他玩，不知怎的扁桃体发炎，致今凌晨一点多一直高烧三十九点五度，期间与他冷毛巾敷额头、温水泡澡、吃退烧药、贴退热贴，现在温度也还没降下来。我自己，几乎一夜没睡，感觉又回到 2013 年兄弟俩同时发烧的那个夜晚，我一个人，左手与土豆敷额头，右手用热毛巾与如晟擦身子……不同的是，今上午有侄女林子帮着忙上忙下，这会儿，她又煮粥去了，如晟还有力气躺沙发上看动画片，我就趁机休息下吧。又沏了壶 2014 年“欢度火把节”金贵喝了两杯，与如晟也喝了一杯，并在他的那杯茶汤里放盐。

免不了感叹：一个女人在生小孩前得想清楚了，孩子生出来，带孩子，这几乎是母亲很长时间的工作。你得放弃很多东西，比如你的空间。你得付出精力与耐心照顾孩子，陪他成长，自己也要努力，与他树立一个好母亲的形象。这份责任，必须是放在首位的。

## *July 4, 2017*

忍不住开喝倮倮2017年“彝族情侣”如初见春茶（生茶）。

馨予说：闻杯里茶汤，果香。喝茶汤，百花香，苦涩弱。之后回甘生津……

林子说：润，甘，唾液分泌多……

我：含汤在口，感觉到果胶成分多，而且有花蜜香，仿佛又置身于山花烂漫的苍翠春天里，温柔的风拂过脸庞、长发，天高云淡，人又陷入沉思中。

观公道杯中茶汤，不同的光下拍摄呈现不同的效果。总之，无论是裸茶，还是茶汤，都很靓。茶汤内悬物密集……

*July 12, 2017*

白天喝 2012 年“龙图”茶客私藏。此茶已雅致甘甜，温润细腻，回韵绵柔……

林子说：汤中有炒麦壳的味道。

晚，夜茶，又是 2000 年的易武麻黑老生砖，真的好好喝哦！因为这壶茶，这个夜晚就变得曼妙起来……心里又充盈着满足与幸福。

我喜欢这种生活，采茶、泡茶、喝茶，听音乐、做美梦，看小说……尤其自从浸淫在一壶普洱里后，可以不用想太多，做简单的人，过一份简单惬意的小日子。

*July 24, 2017*

十二年前，我有一个梦，梦中，在一个有水有柳树的地方，当天地一片静谧时，我一个人，默默地喝茶。

## *August 1-3, 2017*

从凌晨五点开始，从北到南，奔波数千公里，就为了这一壶普洱，就为了在这屏风前，喝上一碗倮倮茶。

著名作家童云女士在茶仓品尝 2000 年麻黑，喝得欢乐。

次日，我陪童老师在茶城旁的“兴发小吃”甩[3]完一碗加冒的牛肉米线后，一起到茶仓。可普抱着如初见兴奋地说：我的！我的！然后，聊的主要话题又跑到书上。又说要把书稿打出来看，就像以前在报社当编辑时先看版面一样。于是又先烧水泡如初见，看来我还真适合喝茶、泡茶，因为关于茶都好像不缺啥的，罐子里随意抓就是，简单……不太费脑。

然后可普开始看书稿，马上又从活泼可爱进入到严谨状态中……

注释③甩：
云南昆明方言“吃”的意思。

第三天，童云老师的老同学刘老师也闻香而至了。

记得在 2013 年底《遇见》一书出来后，刘老师就与可普（童云）一起聚在茶仓了。刘老师是位云南某高校附属中学语文老师，也禁不住普洱的诱惑，加入到喝倮倮茶的行列中。

抱着倮倮 2017 年“彝族情侣”如初见与“跳菜”金贵，俩人高兴的样子，我看了也受不了，忍不住与她俩拍照，俩人出茶仓往刘老师车途中的背影我也偷拍了。

此刻在约再来艺术馆闭目养神，想起可普的笑声，爽朗，具感染力，让她身边的人也跟着阳光快乐起来。这是一位正能量的好朋友，是我生命中美丽的邂逅，她引领我更乐观向上，感恩遇见。

*August 3, 2017*

本来闹钟已经提前取消，但对于习惯早起的人来说，尤其觉得时间不够用的我，仍在六点就起床，这是摩羯座的命运，最怕的是闲着。就让梦想与茶对峙岁月吧。

## *August 4, 2017*

前天晚上，氤氲夜色中可普问我：当你碰到你自认为的难题时，你第一个想找的人是谁？我说：我会泡上一壶老茶，然后点上一支烟，想解决方案，如果想不出来，就放一下。

现在，我喝着这壶 2000 年的老生茶，品味着储存了十七年春夏秋冬光阴的茶汤，这躁动的心又被抚慰得平和而温暖。茶仓安宁的静谧，外面喧哗的声音，两个不同的世界。即使遇上烦恼的事，只要躲在这壶美美的茶里，就能获得别样快乐时光，谁又不想现世安好呢？投茶才七克，但喝后身体的反应是茶劲十足，先是喉咙里往口腔涌上的甘甜，汤中是木香？参香？都分不清。然后是舌下的生津，颊部的舒适，手心、额头的微汗，仿佛身体的每个毛孔都被打开，之后酣畅淋漓，回味无穷的感觉……又开始沉浸在蜜蜜乐儿的幸福感里……耐喝耐泡，宛若与一个耐看而学识修养都不错的人儿在交流。于是，那不可理喻又让人烦的事早跑到九霄云外去了……

## *August 10, 2017*

因为食品流通许可证要重新办理了，特地来昆明五华区某部门学习。可是，为什么一上课就犯困？从来如此的，幸好可以自己下来看书理解。视力也不太好了，虽说坐在第二排。也希望很多记忆都像视力一样模糊。

还是发发自己与倮倮茶罐罐拍的广告照吧。那图，纯粹为了取悦自己。

那老生茶，一天不喝就无可救药地想念，很折磨人的，抓狂、坐立不安、魂不守舍 ，这种感觉，只有领略过易武 2000 年古树春茶的人才懂。一壶美汤，一段时光，哪怕是一个人守着这份茶香，在记忆深处，也算永恒。

*August 20, 2017*

是纵情山水，快意人生，

还是浪费光阴，去流浪，

还是白天高跟鞋，晚上喝茶，思念成河。

不一而足。

## August 22, 2017

谢谢陪我跑了大半个广东省的倮倮茶友蔡彤与李小军，一切因为普洱茶缘，谢谢对倮倮茶的热爱，临别还不忘赠我惠州特产。

又在深圳遇见可爱的人！

引用凌凌姐的话：有的人遇见了就过了，有的人遇见了，即使不经常见面但心里却总在牵挂。

我补充：有的人遇见几十年也无法相知，有的人才遇见几次，就已懂得彼此，互相疼惜。这也只是缘深缘浅的事。

因为遇见一份美好，人生自此多了更多回忆，带一份情义上路，是携一份芬芳于心。祝福亲爱的友们永远快乐！记得要吃好喝好睡好，这是顶重要的事，节奏慢一点，多享受普洱慢生活哈，我走了……别问我去哪。谢谢深圳平日上地产的吴总、周经理的接待，倮倮 VIP 茶友秦姐、肖铧兄的陪伴。

## *August 25, 2017*

感谢倮倮 VIP 茶友周总邀来领悟文化底蕴深厚的城市——长沙。有幸结识远大集团创始人之一的张总，在张总身上学到不少东西。每个个体，或企业，都不是无缘无故成功的，其实，成绩与之背后的努力与勤奋成正比的。细思恐极，因为虽说我也开公司十二年，但我付出的勤奋却是远远不够的，太多时候喝着一壶好茶就忍不住贪图享受，于是一壶茶一个下午就过去了，也就忘记了工作上的事情。

这两天也发现原来周总沏出的茶王比我泡的更醇香浓郁，尤其空杯里的蜂蜜香好重，陶醉。

另外，昨天也感受到长沙茶友们及湖南广电集团熊老等火辣的性情，尤其熊老把我当女儿般对待，今早微信里各种交代叫我一定要如何如何，特别叫我要长胖的事，让我忍不住地想念起我的父亲，自认坚强已刻在骨子里，原来仍容易被触动……

同时感谢倮友叶醇、心喜欢生的一路陪伴以及刚刚一起素食的赖总、许总，刚认识的两位师兄，此行学了很多知识，相聚离开，都是注定，感恩遇见！彼此珍重。

## *September 1, 2017*

遇见春茶，开在唇上的花。

遇见 2017 年的易武春茶。

昆明，晴转雨，

正常投茶八至九克，沸水冲泡。

老张说:“茶汤含甘草般的又似橄榄的余味，茶味浓郁，茶汤黄澄、透亮。饮之，一股阳光照耀下的山野气息，苦微、涩少，汤感饱满纯粹，含汤在口里，温润、滑糯。茶汤咽下去，顿觉肺腑一阵温暖如阳，回甘生津迅速充盈在口腔且持久，喉韵好、绵，春意盎然的景象。闻热空杯里，馥郁花香袭来，氤氲茶香四溢。耐泡，盖碗二十八泡以上，尾泡只有甘甜、滑。只觉嘴唇、齿间都是甘甜，爽爽哒！冷汤也好入口。茶海茫茫，遇见对的茶不易，真是难得遇见。”

小林子说 :“这茶喝着甜如糖，由舌尖双侧的舌底涌入口腔，若口含硬糖，不断融化出甜甜糖水来，特别甜，喉咙也甜，整个口腔都是甜甜的！尾水甜若有若无，若即若离，拨动心弦，让人念念不忘。”

陈丽说 :“味道好丰富呀，劲儿好足，今天喝了五款茶，这一款遇见滋味最足，真是太丰富啦，好甘甜，回甘、生津特别好。”

馨予说：“怎么这么甜，这是茶吗？我对甜的感觉不敏感，但遇见这茶我喝到了甜味哦，还有丝丝的蜜香，大口大口地喝，感觉香更明显，花香弥漫于整个口腔，甜也充斥着整个口腔，感觉舌头就像在甜香的仙汤中泡着。”

小亲说：“前三泡入口甜香，温温润润，基本感觉不到苦涩，味道细腻、绵滑，非常舒服的花果甜香，山野气息滚滚而来。三泡以后，芳甘入喉，鲜甜到微微的腻，舌面一层厚厚的甜，整个喉咙清凉而润。一口气喝了好多杯，甘醇清冽，汩汩生津，如饮山涧清泉，手心和背后微微发汗，非常畅快、自在。从第一泡到第二十五泡，花果香层层叠叠，轻缓不绝，清心怡人。”

喝到好茶，大家都喝嗨了，喝愉悦了，感觉却也大致相同，都是惊呼，如获至宝一般。

“哇，喝了五壶水了，还是甜甜的。”

“感觉和糖水一样的，嘴巴好甜呀。你们甜不甜？”

“甜，甜的，好甜。”

“哇，不仅甜，还好滑呀，滑滑的。”

“好甘甜，好温润，糯滑感一直都在。”

“这花香好像小时候上学的路上，在田间闻到过，好舒服，我就是形容不出来呀！”

“这滋味真是太舒服了，茶汤里满满的百花香。”

“我喝到的是蜜香，好浓的蜜香呀。”

“这香闻起来让人有一种好陶醉的感觉呀！”

遇见的香和甜，每一泡都让人身心愉悦，心生欢喜，是一滴甘露在我们的唇上开出醉人的花，是一段浓情蜜意的体验。

## *September 7, 2017*

品一壶清茶，听雨打紫竹。

露珠晶莹，透彻心扉。

岁月不饶人，成就的只是茶香，甘甜美味会洗涤心灵的沧桑。

思：对自己好一点，有奢求，有梦想，不放弃自己，拥有健康，拥有追求幸福的能力是一个女人一生中最大的财富。无论什么样的情谊，得之我幸，不得我命。

只是这一壶喝淡了，下一壶又喝哪一款？有时候，没有选择也不错。有时候，有很多选择却反而乱了心神。这点点滴滴，琐琐碎碎，就构成了缓慢的生活。

*September 8, 2017*

早茶，倮倮 2009 年金贵。茶汤一入口，香！甘甜！温润……美好的享受时光又开始了。

## *September 12, 2017*

所有寂寞的煎熬及等待，都是为一款心仪的茶。

在这清凉的秋，收获的季节，这壶温柔的汤，已触动心灵深处最柔软的地方。

想念的时候，沏一壶如初见，因为懂得而咀嚼甜蜜的不辜负。

想念的时候，躲开一切喧闹，煮沸金贵的纯真时光，尝尝苦涩后转变成的甘爽，再闻闻花香。

这一年，私藏的倮倮普洱特别香，正在自由自若地向着遇见的美好，缓缓飘到你的身旁。

## *September 19, 2017*

不同的光线拍出的 2000 年麻黑裸砖，都漂亮！看着都喜欢。

更何况那美美的玉液琼浆，只有享受过的人才明白。有好茶陪的日子，每天都是欢乐的，有好茶存着的地方，就是天堂。

想想那丰盈润泽，饱满甘爽，沉稳平和中蕴含的丰富内涵，陈香馥郁，福气好的人儿是如何陶醉其中的……

有人已经急不可耐地烧水准备开泡……

2000 年麻黑与茶汤照片

## *September 20, 2017*

纯净又苍莽的原始森林旁，群山之巅，历经几百年成长的树，吸天地之灵气，集日月之精华，吟唱着彝家儿女的情歌，历经几世几劫，有生之年，得以遇见。

品这杯温暖而野性又美好的汤，甘甜浸润到心坎里，温馨久久。

一杯茶汤过后，三杯开水仍然都是满口的甜润，把易武茶的优雅、甜润发挥到极致。

这美丽的遇见，是等了半生的邂逅。

这是一份无拘束的山野气质。

汤里就能感受朝气勃勃，活力十足，浪漫情怀，灿烂阳光。

遇见这诗歌般的美茶，没有人有抵抗力，我愿，被毒倒，然后，期待，每天遇见，在每夜，思念。只要是对的，迟些遇见也无妨。

2017 年，大儿子李景然（土豆）在易武老街

2017 年，沧桑的易武老街

## 岁月茶香

走过岁月的忧伤
经过斗转星移的沉睡
在一个寂静的夜晚
无与伦比的倮倮普洱茶
等着爱茶的您的唤醒与释放
就是这样简单
您得到了当今躁动的日子里
难能可贵的惬意茶生活
如家的温暖踏实的感受
和瑰丽奇异捉摸不定
绚烂多彩的感觉

The third series

# Eighty Poems

## 第三辑 / 诗八十首

岁月茶香——2000 年麻黑茶汤

*June 18, 2014* 昆明

## 晨早

芭蕉叶伴芭蕉花，
晨早珍珠依附她。
要问娇媚谁第一，
此花之后再无花。

*June 27, 2014*　　南京

## 吟江南

江南美如画，
茶友多文雅。
是谁低吟唱，
待卿翩翩舞。

*June 28, 2014* 南京

## 无题

金华泼墨秦淮河，
有茶润泽你和我。
欲壑难填梦幻多，
闲云野鹤在天边。

*June 28, 2014*

南京

## 夏梦

泠泠红灯笼，
淡淡几许青。
恍恍惚惚中，
影近似伯虎。

*June 29, 2014* 南京

## 茶语

喧嚷塞满耳，
心静自然凉。
销魂一壶茶，
苦甜参香蜜。

*June 30, 2014*　南京

## 清心茶

倮倮茶王香甜蜜，
争棋博弈最神集。
一壶普洱遇见谁，
不顾风云吃茶去。

*July 1, 2014*　　扬州

## 瘦西湖美

烟雨蒙蒙画扬州，
柳荷桃亭伴我走。
板桥可在瘦西湖，
留恋当年石边竹。

*July 2, 2014*

常州

## 太湖歌

粼粼银光洒太湖，
临湖凭栏听浪歌。
谁唤风儿撩青丝，
倮茶温润天涯心。

*July 22, 2014* 昆明

## 静时感

一壶清茶，
一种人生。
千帆过后，
清凉宁静。

*May 25, 2015*　南京

## 走的那一天

走的那一天，
爱情隧道，
凝望光阴。
希望停留的地方，
我来了，
我又走了。
镜头流淌的是刹那芳华，
在爱情隧道里，
傻子一样期待永恒。

作者在爱情隧道里的背影

*June 9, 2015*

温州

## 静尘

氤氲蜜茶香瓯城，
小赵小叶美碧人。
尘世浮华淡幽幽，
倮倮论茶在静尘。

*June 9, 2015* 温州

## 凝眸处

茫茫薄纱温州锁，
去年今昔尽不同。
倚窗凝眸深深处，
盛不住夏情秋愁。

*July 2, 2015*

昆明

## 门前

门前栽紫竹，
家存万饼茶。
水沸烹哪款，
纯真正飘香。

*July 6, 2015* 昆明

## 郊外趣致

犬吠鸡唱蝉鸟和，
风清星稀人心暖。
氤氲茶中享清凉，
蛐蛐蝼虫共缠绵。

*July 11, 2015*

云南澄江

## 过客

碧水银沙风拂面，
与子谱写天伦乐。
奈何只是匆匆客，
倮倮茶仓最亲人。

*July 30, 2015* 昆明

## 可人儿

小白捎来黄金桂，
阵阵花香沁心脾。
素颜淡装可人儿，
此生唯缺一闺女。

*August 25, 2015*　　昆明

## 茶仓小诗

茶仓小亲美，
沏王④香正浓。
此景天天有，
荡气回肠中。

注释④王：倮倮 2005 年茶王。

*September 8, 2015* 昆明

## 月太平

春城今夜月皎洁，
晚霞披肩照太平。
大哥大嫂家宴香，
有人遥吃倮茶饼。
父在天国独酌酒，
母尝素菜吟心经。
音书久隔常相思，
天涯明月共此时。

*November 20, 2015*　　昆明

## 碧鸡关的早晨

露打芭蕉，
绰绰树影。
朝阳一笔，
淡墨晕红。

*November 20, 2015* 昆明

## 云有云的梦

云有云的梦，
霞自相伴。
茶有茶的香，
各自际遇不同。
云走了，
梦远了，
茶淡了，
心乱了。
一个温暖的冬天，
夜空孤独的月亮，
不凄美，
不冷清。

*January 20, 2016*

昆明

## 春城

倮倮香薰红梅娇，
陶碗盛莲琼浆汤。
大寒节气不见凉，
春城处处繁花笑。

*February 22, 2016* 昆明

## 飘香花

茶仓门前飘香花，
淡施殷红迎佳节。
初见人啜幽香盈，
只留欢喜满人间。

*March 7, 2016*

云南昭通

## 致母亲

缓缓的，
轻轻的，
众人抬起母亲躺着的木屋。
凝重的，
怀念的，
音乐声中，
众人走向那条小路。
然后，
凝视着，
母亲，
真的就这样安宁了。

当最后一捧泥土撒上，
当天空灰蒙蒙
像灰烬。
真的，
她静默地远了，
远了，
像这叫不出名的淡雅花儿
一样的姑娘。

李景然

*March 11, 2016*　　　　昆明

## 我有一壶茶

我有一壶茶，
足以慰风尘。
美景随云远，
壶中醇香浸。
愿君似我心，
待茶不只影。
眸里溢柔情，
相看两欢喜。

*April 19, 2016*

昆明

## 相惜

春又来，
看不到红豆开，
更看不到有情人相思。
相惜，
在别处。
相遇，
在茶仓。
纵使回不去，
一如初见。

*May 22, 2016* 昆明

## 五月天

五月天，愁渐去。
夏雨荷，玉米地，
小白菜、四季豆，
稚儿同去种蔬果。
有草莓、向日葵，
破土而出沐阳光，
小辣椒，不见影，
哎呀，这是又要种什么呀？

*May 29, 2016*

昆明

## 无题

地里归来泡好茶，
正欲一气饮三杯。
娃娃突投果三颗，
梅在汤中香味多。

*June 7, 2016* 昆明

## 千里外

雨打仓外竹，
路人隐约语。
千里外，
茶客心系金贵，
急，急，急！

*June 25, 2016*　　昆明

## 在梦里

在梦里，
当夜幕降临，
当我闭上眼睛，
呼吸着你不在的空气。
空气里，
有茶的蜜甜，
你的气息，
在梦里。

*July 15, 2016* 昆明

## 雪莲花

花儿怒放，
去年不曾栽雪莲。
热烈绚烂，
知我心意竞争艳。
自生红颜，
岂解痴念不可执。
素茶且伴，
与君共摘一二枝？

*July 21, 2016*

昆明

## 独思量

茶仓门前葵花开，
虫虫爱它却伤它。
枉我有心盼盛放，
一腔情义风中散。
静候水沸独思量，
感叹人生多变幻。
亏得仓里藏老茶，
壶中日月伴清风。

*July 30, 2016* 昆明

## 一壶足够

清风徐来，
静寂如初见。
握不住岁月悠悠，
苍穹下，
一壶倮倮足够。

*July 30, 2016* 昆明

## 蝉唱

临水照花，
一声蝉唱。
原来，
你不曾离开过，
轻掷石子，
皱起一池涟漪。

*July 30, 2016*

昆明

## 远方

蒹葭苍苍，
夏日清凉。
有奢望，
不过静好。
远方太远，
夏夜却长。
懒梳妆，
不诉衷肠，
盏茶已微凉。

*August 24, 2016*　　昆明

## 愿遇见的人

愿遇见的人，
待我如初见，疼我入骨，
与我纯真美好的时光，
自此深情不辜负。
敬彼此一壶普洱，
有恩爱，有锅碗瓢盆的烟火味，
及有诗的当下。
也有未来金贵的梦。

*August 30, 2016*　　昆明

## 雨后

阵雨后，
眉头舒，
天凉好个秋。
恰是花样年华不想愁。
是过客，
也匆匆，
愿留春城熬白头。

*August 30, 2016* 昆明

## 初恋

初秋萧瑟秋夜长，
蜜意馥郁润心肠。
有客恋上如初见，
沏上几壶对清月。
举杯俣倮邀君尝，
遇见只是微微笑。

*September 7, 2016*　昆明

## 思

今晨有雨，
天气似乎越来越冷，
还好可以躲在茶仓里。
无论是撬茶
还是发呆，
还是上电脑，
无论是虚度光阴
还是忙碌中喝茶，
好好爱自己
就好。

*September 10, 2016* 昆明

## 面对这杯茶

面对这杯茶，
我不说，
关于世上的悲伤。
我不说，
因为我的世界里，
快乐多。

樟香老熟煮后的茶汤

*September 11, 2016* 昆明

## 醉后煮茶

酒醉后，
煮出两公道老熟，
汤显茶油。
含汤在嘴，
好滑腻，醇厚浓郁，
胜似玉液琼浆。

*September 17, 2016*　　昆明

## 长相思

长相思，
秋雨淅沥。
阴郁天空，
万物皆有情。
有茶烟在滋生
是初见的私语，
有纯真的期待，
是金贵的不辜负，
那蚀骨的长相思，
在私藏尘世中的遇见。

*October 1, 2016* 昆明

## 请你留下来

请你留下来，
满山的格桑花，
唱着请你留下来的歌。
楚楚动人，
弱不禁风，
又如何，
人来人去，
都是陌路。

*October 16, 2016*

昆明

## 属于我的夜

我不惧怕冷清，
只惶恐，
那不安定的心，
突远又近。
我也不惧怕冷漠，
只因一壶茶里溢满情。
只是惧怕，
这本该属于我的夜，
可以做美梦的夜，
却突地醒来，
守着黑暗，
等着天明。

*October 16, 2016* 昆明

## 念母亲

我知道
您在凝视着我，
我也知道
您是爱我的。
因为
您经常会出现
在我的梦里。
可是啊，
我不知道
您那里
有茶没有。

*November 3, 2016*

昆明

## 想怜爱

想怜爱，
时光飞逝，
留不住。
唯君温润柔和，
可怜爱。
一杯又一杯，
静候轮回，
不再执念。

*November 3, 2016* 昆明

## 太金贵

到底是俗人，
恋上这美色，
又嗜好这如蜜糖的汤水。
有条件的危险，
没条件的更是凉了脊背。
不幸与幸运，
都怪，
这花般果香浓郁。
太金贵，
让我狠狠想你，
让这一刻暂停。

*November 4, 2016*　　昆明

## 你说过

你说过，
你一直在看着我。
你也说过，
深秋初冬时节
你会来，
陪我看滇池鸥鸟，
陪我种菜摘琵琶豆，
陪我爬西山背泉水煮茶，
陪我看茶仓花坛里的花开花落。

*December 2, 2016* 昆明

## 最美

最美的不是这壶茶，
而是与你在一起
喝这壶茶的时光。

水晶杯茶汤图

*December 9, 2016*　　昆明

## 忧愁在风中

冬月不闲，
日日茶中浸，
偎红倚翠。
无关狂妄，
是非忧愁，
都付风中。
尽管浅饮一盏，
清茶如初见。

*December 13, 2016* 昆明

## 相思

冬夜有人问，
相思可有期。
土豆身侧眠，
夜曲是鼾声。

*December 14, 2016*

昆明

## 欢喜

撩人心弦的红，
如风景的旖旎，
也像湖水般清澈，
更是，
天空飘来的云朵。
我身暖，
我心安，
这个冬天，
开始纯真的欢喜。

*December 27, 2016* 昆明

## 约再来

你不是艳后，
你是高贵的王。
金色琥珀的汤，
绵绵长长的韵诗，
柔情蜜意的魅惑。
在这冷漠的世间，
只要能看见，
也是醉。
在醇香中，
闭上眼睛，
听见谁在吟唱。
人约，
约再来。

*December 29, 2016*　　昆明

## 守候

年年岁岁，
守着这一杯。
任光阴荏苒，
任世事沧桑，
也波澜不惊，
也静默如斯。
南无阿弥陀佛。

*January 3, 2017* 昆明

## 这一杯

这一杯，
寒冬里的暖，
不是温存怀抱，
不是缠绵悱恻，
只是这一杯。
酣醉或清醒，
距离或陌生，
懂得或习惯，
也都不重要，
放下或执着，
都已付诸，
这一杯。

*January 7, 2017*

昆明

## 君一去兮久不见

梅花，
夜深了时，
捧琼瓯，
酱香幽幽，
怡心。
又念那老茶，
叹难忘，
也知我想，
如鱼水。
君一去兮久不见，
何时有期？

*January 14, 2017* 昆明

## 无题

只是，
如果说这是人生，
我甘愿认。
水中花，
杯中茶，
如幻亦如电，
只是虚妄。

*January 27, 2017*　　昆明

## 茶花开

茶仓的茶花开，
请你留下来。
彝家的美茶哟，
远方的人，
天涯咫尺间
共沏一壶倮倮。

*February 5, 2017* 昆明

## 人来

葵花开时，
壶中茶满醇香。
人来贪杯，
天晚又何妨，
且听蛐蟀大合唱，
再看星星伴月亮。

*February 14, 2017*　昆明

## 不辜负

那一年，
我们在纯真时代，
遇见，
都是欢喜，
如初见，
此生，
彼此不辜负。

如初見之

*March 4, 2017*　　昆明

## 无题

泠泠弦无音，
只是笑春风。
醉把茶当酒，
却唱青春曲。

*April 19, 2017*　　昆明

## 约夏

寸草青青黛烟远，
柳梢枝头翠儿栖。
谁唤一声我来啦，
给个杯盏讨茶喝。

*April 24, 2017*

昆明

## 凉爽的夜

这时候，
我听见自己呼吸的声音，
也听见自己胸房里扑通扑通的心跳声。
窗外，
偶有犬吠声传来。
这样凉爽的夜，
正好酣梦，
也正好，
让梦在天地间游弋。
那半生的守望，
化为执壶清茶的光阴，
如繁星，
如皓月烟云，
入画来。

*May 24, 2017* 昆明

## 看不见

喝的是茶，
品的是人生。
说是劫，
还是缘，
遁着几缕暗香，
看不见，
你的脸。

*June 26, 2017*　　　　昆明

## 夜忆

《李香兰》，深情或沉重，
今夜，背着一天的雨。
记得那幽香的竹箩里，盛着，
几缕春风拂柳，飘满栀子花的味道，
肆虐地开。
玫瑰的馥韵，
一杯一杯初见的静美。
缸里鱼儿跃起又闲游，
水皱褶时像谁的心？
无边的黑夜，一场梦，
迷惑得仿佛置身事外，
是看客。
谁记得，
开始的地方，
沉入缸内的记忆，
只是浅浅一笔！

*July 5, 2017* 昆明

## 这是爱么

这是爱么？
我问面前的酒，
不然，为什么会有担心？
如此挂念，
字字句句透露的消息。
夜色变得柔软，
心湖不再干涸，
隔山隔海，
我知道，
你的眼睛仍在望着我。
我的重愁在你的眸里消融，
我的眼泪从今后只为欢喜零落。
我希望有一天我走到你的窗前，
闻着空气中你泡茶时随风飘来的花果香，
我希望有一天我带着一只画眉，
放入有你的屋，
替我守护屋里的人。

*July 13, 2017*

昆明

## 雨夜

夜色袭来，
雨仍在滴滴答答，
我其实爱着雨天，
无论白天或黑夜。
这凉凉的世界，
我的心没有因为这凉而跟着感伤，
凉意，
清醒了花坛里的雪莲花、薄荷，
清醒了一团理不清的思绪。
今天以前，是梦非梦，
未来，纯真情感的抒写，
一壶普洱。

*July 14, 2017* 昆明

## 飞鸟和鱼

《飞鸟和鱼》，凄美的殇。
“我是鱼，你是飞鸟，
你是一只可以四处栖息的鸟，
我是一尾早已没了体温的鱼……”
四季轮回中，就连守望，
也是奢侈。
什么时候，才能懂得，
细水长流胜过胸膛一时的温馨。
在心中栽一棵茶树，
流离的候鸟，
可在枝上闻过花香？
刹那芳华，回眸也是散场。
夏雨风过，灯火辉煌，
荡漾着世态的凛冽。
谁在想，该收拾
岁月年轮留的风霜。

*July 16, 2017*

昆明

## 一个梦

我有一个梦，
是在海边沙滩上漫步，
是在草地策马驰骋，
是在潺潺小溪边煮茶吟诗，
是在厨房烹饪佳肴，
是在春天梨花园中写生，
是在入睡前捧书闲读，
是朝朝暮暮，
是日日月月，
念念的相惜。

*August 25, 2017* 昆明

## 你的秋

凉凉秋风，
青丝已乱。
一壶浓茶，
盛满了什么？
又留下了什么？
只有懂得的才微笑。
看春城万家灯火，
是夜色阑珊的梦。
只是恍惚，
你的这个秋，
是否被辜负，
是否意味着有太阳，
即使暴雨天，
已在心里艳照。

*October 21, 2017*

昆明

## 秋夜凉

如果是劫数，
是轮回兜兜转转，
是夜夜梦里的纠缠，
是否意味着太多改变，
曾经的诺言烟消云散，
曾经的故事都是电影剧本，
一部剧终，
再上演续集。

*October 31, 2017* 昆明

## 午后

我在春城的深秋，
遇见灿灿灼灼的金光，
璀璨夺目。
忘记，
躲藏在竹叶后的记忆碎片，
影影绰绰，
太阳一照，
了无痕迹。
试试凝固山茶花的味道，
不辜负，
留恋这红尘一场，
只是那眸中盛放的玫瑰，
可在静悄悄寻我的路上。

*November 11, 2017*　　昆明

## 红叶的遇见

耀眼的光芒，
热烈着不凉薄的冬，
谁遇见的未来，
无法言喻。
谁在隐喻情愫，
不曾深爱，
秋冬交集的暧昧，
在潋滟湖光的粼粼中，
一圈一圈往外，
淡了。

遇见谁是谁的意外，
美丽的想象，
由不得荒芜长在心田，
干净的世界，
我在。

*December 13, 2017*　　昆明

## 相思夜曲

酒一杯，茶一杯，
仿佛掠过一阵春风，夜黑无须灯。

没有风，没有雨，
有人梦呓笑谁痴，自由已沉睡。

*December 15, 2017* 昆明

## 等

时光炼，
我驾梦，
自由。
等，
爬满的皱纹，
斑白的鬓发，
等，
粥汤入碗，
茶汤入盏。
有人说，
别等了，
凉了。

*December 22, 2017*

昆明

## 只是幻梦

靠在床头，
看着窗帘，
心在路上，何处是故乡？
楼下传来车轮驶过的声音，
无边的黑夜掩不住的寂寥，
想念，轮廓清晰的脸庞；
淡漠的眼睛是时代赋予的印记。

花盆里的肉肉，
周深的大鱼，
易武的茶，
大颗的芝麻汤圆，

已是梦是幻。

谁知道，
有人在黑暗中数着那天美好！

我努力感应，
试图让耳朵红烫。

亲爱的，
你可在悄悄地喝茶，
在静谧安详，
用力闻蜜甜香？

昆明

## 你是一杯茶

这样从容笃定，
醇香可口，
温润细腻如玉，
你是一杯茶，
迷醉着一度坚硬的心，
慰藉浮在空中的鱼。

这样的一杯茶，
只是看着，
只是依靠着，
只是嗅着，
守护，
定格成为永恒。

你是一杯茶，
滚烫时撩起的蜜汁，
惊醒到沉沦的午夜，
像无助的孩子，

说着想母亲的话。

你是一杯茶，
你的四季，
你的纯真芬芳，
只是为我，
只是在等我。

像待知音一样的眼神，
一颦一笑皆是懂得。

你是一杯茶，
我要带你走天涯，
寒冷夜也暖，
凉凉风吹也浪漫，
似春来繁花开，
蝶与花的呢喃，
鱼与水的故事。

*January 17, 2018*　　昆明

## 红苹果

你的脸颊怎么红红的?

噢，酒，
是喝了酒的原因，
我欲盖弥彰。

一定是你在想我，
思念着，
在这阳光灿烂的城市，
稠厚的忧思。

我的脸颊开始红红的，
不晒太阳的静默，
欢喜暗生。

可是，
有一声叹息，
是无奈，
我懂的，但我怎能先说？

人生早已注定，
戏剧性，
是游戏玩家无聊的体验。

要不，
你和我在这白日梦里，
一同协作拨动吉他，
弹出美好生活的曲。

*February 9, 2018*

昆明

## 爱人

我的爱人，
为什么？
你要让我一个人，
看窗外的月亮。

我的爱人，
你的存在，
让我想讲出，
爱人
二字，
然后，
我热泪盈眶。

我的爱人，
为什么？

等你快半个世纪，
你才出现。

那相拥时的欢喜，
分离后的孤寂。

今夜，
也许，
又在梦境世界里，
你是山，
我是小溪，
我和你，
就那样依偎着，
一生一世。

*February 27, 2018*　　昆明

## 你来的这一天

你来的这一天，
这春城的阴凉四遍，
被你银铃般的笑声驱散。
我的心似春雨沐浴，
又有围炉的暖。

你来的前几天，
说只想陪我喝茶到黑夜，
听我不停地唠嗑旧事，
其实那些叙述已是重复，
但你不烦。

茶香了，
香漫在我的世界，
你在我的面前，
低头浅笑，
我却看到，
你是书稿里的芳菲，
你是杯中清雅娴静的兰。

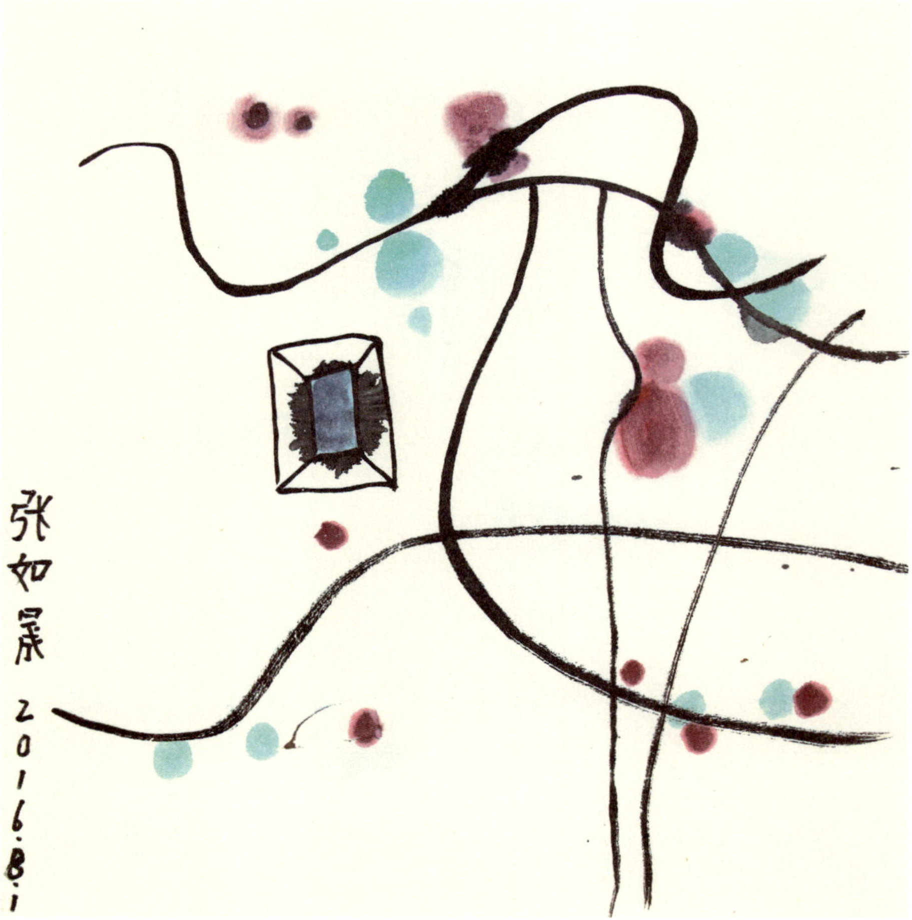
张如晨
2016.8.1

2015.5.24.

# LuoLuo Pu'er, make you happy!—Postscript

## 倮倮普洱，让你欢喜！——后记

倮倮品牌，普洱茶界唯一入选 2017 年中国制造百强品牌榜。

精致品牌，精准的市场细分定位，精耕细作，成就经典！

2017 年 11 月 25 日，由工业和信息化部华信研究院、经济观察报、CCTV 发现之旅频道《品质》栏目联合主办的第三届“中国制造 2025 高峰论坛暨 2017 中国制造年度颁奖盛典”在北京国家会议中心圆满落幕。论坛汇集了来自政府机构、协会、监管机构、国内外企业的行业领袖，共同探讨中国制造业的热点话题，构建中国制造业的发展与腾飞之路。

颁奖盛典，群贤毕至。全国人大财经委员会、工信部、中国发展研究基金会、国家制造强国建设战略咨询委员会、中国工程院制造业研究室、中国机械工程学会、工信部华信研究院和经济观察报、CCTV 发现之旅频道《品质》栏目的代表出席活动。他们当中，既有政府官员、行业领导，也有专家学者、院士教授，更有媒体朋友们。

随着新一轮科技革命与产业的变革，智能制造正在成为全球制造业变革的重要方向和竞相争夺的制高点。我国启动实施了“中国制造 2025”强国战略，确定以智能制造为两化融合的主攻方向，推动制造业生产方式变革。

在听了各行业制造大咖的经验分享后，于当日下午，我代表经营倮倮普洱茶品牌的昆明果果茶业有限公司接受了业界制造中最高荣誉的颁奖证书。

昆明果果茶业有限公司经营的倮倮普洱茶品牌因“精致、专业、专注、经得起时间检验”定位而入围 CCTV 发现之旅频道《品质》栏目，并在本次高峰论坛上获评第三届中国制造“匠心品质 创见未来”2025 百强品牌。作为云南省内茶叶行业位居前列的制造企业，果果茶业很荣幸也是必然入选中国制造“百强品牌”。

关于一个在业界才十多年的品牌，在几千个普洱茶品牌中能得到严谨的对观众负责任的《品质》栏目的青睐，是与我赋予倮倮茶品牌的文化内涵、品质的定位及对茶客们的人文关怀、长期坚持出品好茶、诚信经营有关，只有品牌的战略核心不变，才会后来居上成为行业传奇。生意，南方人叫生意，北方人叫买卖，书面称贸易，官家称商业。有人把生意狭隘地理解为挣钱，其实，生意的本初乃是分享。把好的东西分享给有需要或有缘之人，赢取合理的服务费用，秉着做一单生意，交一个朋友，这才是生意。生是生生不息，意乃心上之意。真诚做人，诚信做事！ 不欺，不瞒，不哄，此为商道。

所以，我首先得感谢自己。作为倮倮茶品牌的创建人及持有人，不被诱惑，不“炒”茶，以做消费者市场打群众基础为主，是从前、现在、将来严格遵守的宗旨。或许这种思路会舍弃很多利益，但作为终身投资与临时的投机行为是有质的区别的。也懂得今后肩上承担的责任更重。

从中国产品到中国品牌，倮倮茶仓（果果茶业）将继续走创建倮倮品牌时的定位：专业、精细、专一的品质路线。倮倮普洱，低调奢华。倮倮品牌，将是倮倮质量的象征，是信誉的凝结，是核心竞争力的体现。

享受美好时光，是一杯又一杯的倮倮普洱茶，让你欢喜。

品牌的魅力也会凝结一拨志同道合的合作伙伴的力量去维护与延续。品牌的力量源泉是爱与责任。品牌的价值取向来自经营者健康的人生态度与精准定位。

从 2017 年 11 月 24 日到北京至 27 日回到昆明，一天在国家会议中心，另外两天都是与北京的倮倮茶友们聚会，可普（童云）更是几乎 24 小时陪同，晚上都睡一起，这样的女朋友这一生有几个？另与大米、苗苗、晓明、胡老师、厨子、李导、蝶舞、茶豆豆、徐晓村老师、小荆等倮倮新老茶友分别小聚，他们还分别送我礼物。媒介是茶，再次感恩！大米与晓明是第一次见，但感觉已经很熟悉了似的，没有一点陌生感。最好玩的是，我与可普兴冲冲地住了一晚民宿，因为之前我们俩都没体验过，还以为很浪漫，其实就是在人家家里住一晚而也……这次北京之行，我是多么的不想离开。记得很多年前去北京，总看到灰灰的天空，不舍情绪不严重，是说走就走很洒脱的样子。可是，相聚离开，都有时候。时间不会因为任何人的心思而停留，所以，我记录，我拍照，为这些美好时刻定格。

回首 2017 年，仿佛一场梦，人生充满变数，不知道谁会来，也不知道谁会离开。我唯一不变的就是“事茶、带娃”。让自己忙碌起来，就没有时间悲春伤秋。为一些虚无缥渺的东西神伤是白痴。这一年，是成长最快的一年，价值观被冲击，时代变了，变得有点让人无所适从。当我讲“责任”两个字的时候，被一女朋友笑话，说现在谁讲这个。我不知道这个社会怎么了，但我还是原来的我，生来如此，无法改变，你若爱我，就靠近我，不爱，就离开吧。就像喝不喝倮倮茶一样。但若真尝到倮倮普洱，你定欢喜。

2018 年 3 月

# Meet and know—Editor's note

## 遇见了便相知——编辑手记

写这篇手记的时候心中甚是汗颜，怕自己的文字搅乱了张宗群独特的文字韵律。但作为张宗群最新普洱茶文化著作《不辜负》的编辑，也作为这本书最早的读者，我还是愿意谈谈自己的感受。

2018 年元旦假期后第一天上班就收到了张宗群女士几易其稿后快递过来的《不辜负》书稿，真好！

在张宗群看上去琐碎而缓慢的叙述中，不难看出其既有绿叶对根的情，也有对自身品牌所保有核心竞争力的自信，更有对面前这一壶普洱茶的那种可遇不可求的欢喜。“有一种温暖的热叫茶气，有一种轻松愉快的体验叫喝茶后的回韵……真是有茶的日子天天过节！”

很少有人能把日常的琐碎与雅致诗意生活完美地结合起来，显然张宗群做到了。人们常说喝茶不过是最日常的生活罢了，写茶不过是一个题目罢了。有人会一碗一碗地喝，也有人会一篇一篇地写，但人们向来只是喝归喝，写归写，还少有人能够实现“两手抓，两手硬”的。然而，从《不辜负》可以欣慰地看到，张宗群的小日子就是这样由一碗一碗地喝茶与一篇一篇地谱写茶文有机地结合而成的。我以为，这应该是张宗群对普洱茶文化的一大贡献。

“它是这个世界最长情的表达”，通过一本书了解一个行业是一件很高效的事情。读着张宗群的文字，这一篇篇记录日常茶事及家人、茶友往来的随笔、日记以及一首首咏茶寓人生的诗歌，从中感受着她与这凝聚了天地日月精华的易武普洱茶的对话，不知不觉间便随着她的文字神游在了倮倮普洱茶的绚丽世界里。哦，原来这一饼饼、一块块、一坨坨在云南人眼中粗枝大叶的云南普洱茶，不仅仅可以是人们柴米油盐酱醋茶的日常，还可以是琴棋书画诗酒茶的风雅人生。

感谢张宗群让我这名编辑充分地体验到了从选题策划到成书面世的全过程。作者在书中多次提到的可普，也就是我。我是她的茶友，她是我的作者，相处得久了，于是习惯了彼此间用网名来称呼了，我称她为倮倮张，她唤我为可普。图书出版界常常会传颂着一些编辑与作者在创作出书的过程中，彼此建立起来的那种相知相信、持续一辈子的友谊。可普与倮倮张便如是，感恩！

如果说当年张宗群独立出版第一本普洱茶专著《遇见》时，我还需要和她交流图书出版是怎样一种流程的话，那么，到了张宗群创作这本《不辜负》，她不仅已经把自己的普洱茶事业做成了业中极品，其自身素养也提高迅速，成为云南昆明作家协会成员。有了“文武双全”功力的张宗群创作出来的书稿，于我便只需享受如何运用自己的出版知识让书变得更完美的过程了。说句真心话，这才是一名职业编辑该做的工作！我很受用这种给倮倮张当“御用”编辑的感觉，感谢倮倮张！

作为编辑可以将一部唯美的著作编辑出版，让读者一睹芳容，宛若手捧一杯美茶，在温暖阳光下，吃苦咽甘，品味个中乾坤，真的很开心。也希望有缘捧读张宗群这部最新著作《不辜负》的您，和我一样为之吸引，并去静心领悟茶与生活的密切关系——“茶在静默，静静地等待识茶懂茶的人，为君释放温婉、芳香，她希望可以共谱今生遇见之欢喜。”作者张宗群如是说。

“遇见了便相知，即如读一本好书、喝一壶好茶。”这是张宗群的感悟，我愿意就手拿来当本文的题目，也愿意亲爱的您手捧此书，亲自去体会并遇见那不辜负您的有茶人生。

童云 于 2018 年 4 月 11 日